Gaea

The Cat Whisperer 4
貓語人
信長的預知夢
譚劍 著

貓語人 4

The Cat Whisperer

目錄

這故事裡和日本大阪府堺市的所有地點，包括百舌鳥古墳群、有棵老蘇鐵的妙國寺，在台南的五妃廟和七個圓環，全屬眞實存在。一如這個系列的其他小說，你可以跟著書裡的場景去參觀。有些香港讀者是看了《貓語人》後才第一次去台南。

信長「夜哭鐵樹」的傳說已經在日本流傳已久。

其他內容，都是虛構。

楔子．夜哭鐵樹

一聲慘叫從信長的房間裡傳出來，不只劃破深夜的寧靜，連群鴉也給嚇到亂飛。

守在房外的侍從急問：「主公，有事嗎？」

房裡久久沒話傳出來。

對侍從來說，勇猛果敢的信長發出驚叫這情況極不尋常，眾人很不放心。

即使很快就能取得天下，但信長仍然是人，一副血肉之軀並不是刀槍不入。

十來個提長刀的黑衣武士趕至，見侍從仍然在呆等信長的答覆，決定不顧一切衝進去。

首席武士的手快要碰到拉門時，房裡傳出信長的話。

「沒事。只是聽到烏鴉的鳴叫。」聲音猶有餘悸，但確是信長的聲音沒錯。

「聽到烏鴉的鳴叫」是信長和親信之間的暗語，表示安全沒事。要是信長被挾持，他會說「只不過是作了個惡夢」，不動聲息把真正的情況透露給親信。

「主公，我們退下了。」首席黑衣武士尋求確認。

門後傳出一個「好」字。

信長全身冒汗，像剛從烽火連天的戰場逃出生天，猶有餘悸，但仍力求鎮定，剛才他確是作了個噩夢，幾乎讓錯誤的暗語衝口而出。

這模樣不能讓手下看到。

信長是不會被噩夢擊倒的。

他在夢裡……看見一棵樹。

不是隨便一棵樹，而是妙國寺裡那棵有好幾百年歷史的老蘇鐵。

那棵鐵樹看來平平無奇，但信長站在面前卻感到渾身不自在。

他喜歡那棵樹，把它從堺的妙國寺移到安土城後，老蘇鐵每晚都泣叫，哭訴說：

「我要回堺！」

別人都爲老蘇鐵的哭聲感到恐懼，只有信長感到忿怒。在他眼中，所有不順從的人都要被幹掉，即使是樹也不能例外。

「把那鐵樹砍掉，劈成柴後拿去燒掉！」

信長親自到現場觀看老蘇鐵被砍，就像他去刑場目睹處決敵人般，不料第一刀砍進樹幹後，被破開的位置竟然流出血來。

武士手上的刀掉到地上，旁觀的人發出尖叫來，就是信長也嚇得魂不附體，他上戰場幾十年來從來沒見過此等怪事。

「還要不要再砍下去？」眾人用眼光向信長提出疑問。

不只不砍，老蘇鐵還被日夜兼程送回妙國寺。

即便如此，信長的噩夢仍未結束，反而才剛剛開始。

老蘇鐵在他腦海裡驅之不散，即使要煩惱的事情很多，那棵蘇鐵就是不願離開他的世界，像一直矗立在他跟前。

想著想著，信長嗅到一陣陣燃燒的味道，猛然睜開眼，發現自己被熊熊烈火包圍，沒有出路。

他呼喊部下的名字，「光秀！秀吉！」

可是沒有人答話。

一定是敵人來攻擊自己了，可是不知是誰。

他脫下衣服，想要把火撥走，可是發現原來自己竟然身無寸縷。

火舌爬到門上、天花板上，把他徹底包圍，最後倒下來，撲到他身上時，他不得不喊痛，發出一聲慘叫。

被火燒固然感到痛，但想到自己辛勞一輩子，天下唾手可得，最後竟然葬身火海裡，這種想法更痛。

他驚醒過來。

原來自己剛才經歷了一場逼眞無比的噩夢，夢中夢。

那個感覺很眞實，讓信長覺得剛才自己已然死去，如今不過是從黃泉歸來。

這一切一切，不管是被火燒死，或者無法統一天下，在在教信長感到很不安，也不可思議。

能夠教自己害怕的人，普天下之大，僅高舉「風林火山」大纛的武田信玄一人而已。

除此之外，他可謂天不怕，地不怕。

要是被發現他從夢中驚醒過來而且一身冷汗，肯定遭天下人恥笑。

那個噩夢像在預言自己最後的下場：被熊熊的烈火燒死。

信長不是會相信預言的人。他不信佛陀或者輪迴那一套，而是學葡萄牙傳教士般信上帝。聖經說，人類會面對末日審判，但他深信自己會上天堂。

他也相信自己會像屏風上的老虎，早晚會統一天下。

時值一五七九年，日本戰國時代，織田信長四十六歲，已擊敗了強敵足利義昭，把他趕出京都，同年武田信玄也病故，武田家的殘餘力量已不成氣候。

信長距離取得天下，只是一步之遙。

但他並不知道，自己距離死亡同樣不遠，只剩下三年。

01

「你男友遇上意外，可能是被雷電劈中，原因我們還沒確定……他沒大礙，只有一點皮外傷……我們在東京這邊……他出院了……我們找到他住的飯店……會安排他盡快回台灣。」

方圓知道這輩子永遠無法忘記接到來自那通很繞口的「台北駐日經濟文化代表處」的越洋電話時，六神無主、完全不知所措的心情。

即使在自己家裡，但她覺得好像處於平行宇宙，電話以外的聲音全部變得模糊。

「妳怎麼了？」坐在她旁邊的小靜問。

方圓不知道小靜講了多少遍自己才聽得入耳。

小靜接過電話跟對方講下去，把日期、時間、地點和聯絡電話等重要資料寫下來，掛線後對方圓說：「妳的膽子原來比我想像中小得多，枉妳有什麼異能。」

「換了是妳看看怎樣？」方圓的思緒仍未返回餐廳，「我要飛過去接他回來。」

「神經病呀！妳聽清楚沒有？他後天晚上就回來，妳過去有個屁用？」

「不，我要去接他。」方圓站起，半晌後又坐下，很快又站起來，打開抽屜，翻了一陣，把護照找出來。

「給我看看。」小靜把護照搶到手上，翻了幾頁來看，「妳想偷渡去日本嗎？」

「什麼意思？」

「這是妳十二歲時申請的護照，上輩子就已經過期了，妳怎出門？」

「嗯，是嗎？」方圓仍然沒有清醒過來。

小靜讓方圓看清楚「有效日期」是在幾年前，「放心好了，今天和明天我都會在這裡陪妳，後天再陪妳去接機。」

「不用不用。妳就住在附近。後天就要交作業，我沒有時間去擔心什麼。我自己去接他回來就好。」

小靜還想說什麼，但看到方圓堅定的眼神時，就決定離開。她知道，方圓跟很多女生不一樣，她不怕獨處。除了巫眞，其實她並不需要其他人。

小靜離開後，方圓仍然忐忑不安。
她曾經和巫眞開玩笑說被雷劈，沒想到一語成讖。有些玩笑果然開不得。
她以爲專心做功課可以分散注意力，但其實根本無法專心。
課本上的字單看她都認得，但連接成句子後她一句也唸不下去。
最後她把所有書本蓋上，決定倒頭大睡，但連覺也睡不好，無眠到天亮。
不知巫眞變成什麼樣子？是不是躺在擔架上被人抬回來？
巫眞說過，不管怎樣，八月一定會從日本回來。
他沒有食言。
只是他並不是平安歸家。

03

第二天晚上，方圓只睡了兩個小時就出門，在便利商店匆匆吃了早餐後就上路，連續兩天加起來睡不到五個小時，難受極了，不管身體上，或者精神上。

從台南市區去高雄機場的路徑很曲折，得先從台南車站乘自強號到高雄，再轉捷運到機場。她慶幸自己就住在車站附近。本來她不用這麼麻煩，可是日本航空（JAL）往來台南與大阪每星期只有兩班，巫眞等不及，只好飛去高雄。

自強號開車後，她才發現手機留在家裡，不知道是遺留在桌子上或者床邊或者在廁所裡，但已經來不及回去拿。

幾天裡她一直都膽顫心驚，如今更像魂魄給徹底打散，無法好好聚在一起。

方圓這輩子第一次去高雄機場接機，沒想到不是開開心心地接男友回來，而是憂心戚戚，忐忑不安。對，她的心情就像「忐忑」兩個字般上上下下，也不斷加速，在機場看到顯示板上的抵達時間，再加速，看到一群日本人和台灣人提著印上日本字的觀光購物袋魚貫而出——估計就是和巫眞同一航班的乘客——她的心跳加速到極點。

04

入境大廳擠滿舉起人名紙牌的飯店職員，他們接到客人後一個個離開。

可是仍然不見巫眞的蹤影。不見輪椅，不見擔架，沒有人被包到像木乃伊般一拐一拐走出來。都沒有。

她身邊的人潮慢慢換過了一批，只有她仍然站在原處呆等。

——巫眞會不會在飛行途中死了？

這奇怪的想法鑽進她腦裡。她沒有手機，他出了事她也不會收到通知。

如果他孤獨地死去，她也會一樣。

「請問您是方圓小姐嗎？」一個航空公司女職員走過來問她。

方圓覺得體溫一下子降到最低點，說不出話來，只好點頭。

——是來告訴我惡耗嗎？

「我們以爲妳不會來。我們一直打電話給妳，但沒人接聽。」對方又說。

「不好意思，我……我把手機遺留在家裡。」方圓怯怯道，連她也覺得自己在抖。

對方臉上展露無限同情，「妳朋友走另一邊通道，請跟我來。他情況有點麻煩。」

「什麼事？」

「他失憶了，有些東西忘了。」

「他全部都忘掉，或者只忘掉一部分？」

方圓對失憶毫無醫學概念，相關認識都來自電視、電影，裡面的眞確性可能比紙更薄。

「我不是醫生，無法答妳，我建議妳最好帶他去看醫生。」

05

方圓跟隨對方到機組人員專用的通道出入口，巫眞已經坐在長椅上，手腳都包紮了膠布，左手手臂用繃帶綁好。

他的行李箱在旁邊，另外還有一個長條狀物體被包起來，應該就是天命劍。日本那邊的人員沒有忘記這劍實在太好了。

只是巫眞的氣場雖然沒有完全消失，但非常微弱。

方圓覺得情況不算太糟，最起碼，他不是躺著不動，比自己想像的好得多了。

她小跑步過去時，他才把焦點放在她身上。

「妳是方圓嗎？」這是巫眞見到她時開口第一句話，臉上流露尷尬的笑容，有點見外。

「當然。你忘了我嗎？」方圓開玩笑地反問。

巫眞苦笑，沒有多話。

方圓覺得這表情怪異極了，是很不巫眞的風格，追問：「你左手的傷怎樣了？」

「不是受傷，但情況可能比受傷更嚴重。」

巫眞的語氣愈來愈異樣，方圓覺得他的眼神跟以前很不一樣，整個人變得很陌生。

「什麼事？」

巫眞收起苦笑，用嚴肅的口吻道：「其實，我不是很記得妳，所以才要問。」他右手單手打開護照的最後一頁，「緊急聯絡人上面有妳的名字跟聯絡方法，所以，我猜妳大概是跟我很要好的女性朋友。」

什麼叫很要好的女性朋友？方圓幾乎想發作，但按下了這口氣，「因爲你說要塡我的名字嘛！」

「嗯，是嗎？我一點印象也沒有。」

「你記得我說過會來接機嗎？」

「這些……全是她告訴我。」巫眞的右手指向方圓後方。

她回頭一望，只見剛才帶她來的航空公司女職員仍然站在她身後不遠處，很小心地跟他們保持距離，但臉蛋仍掛上友善的笑容，十足航空公司的廣告。

她不知怎說時，巫眞左手突然沒來由地抽動了幾下，像被人從海裡捕獲上來的魚做最後掙扎。「又來了！」

方圓仍然不解，「什麼意思？」

巫眞站起來，「我們邊走邊說。妳帶我回去吧！」

他把他在日本的經歷娓娓道出，只限於他仍然記得、受傷醒來後的部分。

至於這一切的因由，要回到上個月，也就是六月，但他已經全部忘記了。

方圓只失去大半年前對巫眞的記憶，而巫眞卻失去這幾天前的全部記憶，像換了個人似的。

他們兩個人對對方的記憶完全相反，她覺得他的情況比自己糟得多了。

她感到自己身處的世界徹底崩潰。

06

回到六月。

自從發生台南車站那件事後，方圓失去和巫眞相關的記憶，幾個月來，情況一直沒有好轉。

她要重建對巫眞的記憶和感情。

「既然我失憶前可以喜歡你，爲什麼現在無法接受你？」這句話一直掛在她口邊，憑著信心和努力，巫眞覺得跟她的互動和她失憶前沒有兩樣。

這天，巫眞帶她去安平樹屋，這是他們初次「邂逅」的地方，他希望可以用這裡的環境包括風景、聲音和空氣的味道，盡量用五感把她失去的記憶勾回來。

樹屋最獨特的是，只要天氣稍差，強風搖晃樹葉的光影變化和聲音，配合那些樹根張牙舞爪的環境，自有一種山雨欲來的氣氛，內行人更能看出陰森恐怖和妖氣參天。

幸好這天天氣很不錯，藍天白雲，陽光燦爛得可以去拍ＭＶ，樹屋看起來只不過像個對人畜無害的大公園。

難怪這天樹屋裡的遊人很多，恐怕大多都是外地人。

在樹屋咖啡館裡吃了仙女紅茶冰淇淋後，巫眞凝視方圓，欲言又休。

「想起什麼嗎？」這句話他壓在心裡問不出口，怕再一次換來失望。

方圓看透他的心思，主動說：「算了吧，我現在情況還不是太差，最起碼不像你給我看的那部電影《我的失憶女友》（*50 First Dates*）裡的女生般，每一天醒來，記憶都是一片空白，一切都要重來，而且是每一天。」

巫眞想不到她反過來安慰自己，只能微笑。他已過了苦笑的階段。

「妳只是把和我相關的記憶全部洗得一乾二淨，就像手機換過一張新的記憶卡，但我始終不明白爲什麼洗去的只是我這張記憶卡。」

「如果洗去的是和學校相關的記憶，我恐怕不只延畢，而是要退學了。」方圓留意巫眞臉部肌肉不自然的抽動，「你現在可以重溫和我剛開始的感覺，也許像好些以失憶爲主題的愛情電影一樣比較好，你就像天天都有初戀的感覺。」

「那太累人了，初戀雖然美好，但如果一直只能維持在那個階段毫無寸進的話，好像沒有成長的樣子。我現在的情況就像交了一個跟妳一模一樣、同名同姓的女朋友，唯獨把我忘得一乾二淨。」

07

金婆婆表面看來是廟裡無數毫無特色的貓之一，卻是台南——不，也許是整個台灣——唯一懂得占卜術的貓。

因此，別說在這廟裡，根本是在這一帶，牠也深獲其他貓尊重，即使很多貓對自己的未來毫無興趣，但牠比其他貓更看透世情和瞭解貓生，也很樂意爲牠們排解紛憂。

貓過日子的方式跟人不一樣。沒有升學和工作壓力，日子過一天算一天，而明天的生活內容往往只是今天的重複。

貓也不用去思考戀愛、失業、買房、台灣未來等問題，只要可以找到飯吃，貓每一天都覺得自己比人類過得好樣得多，而且比人類尊貴得多。看著營營役役的人類，很多貓打從心底覺得這種用兩條腿走路的動物非常可憐。

金婆婆例外，牠會和人類做朋友，也會爲貓族的未來擔心。對牠來說，每一隻貓的明天都不一樣。惡人、野狗和汽車都是貓的天敵。哪一天會飛來橫禍誰也不知道。有時牠會告訴某貓不能前往某個方位，甚至不能離開廟宇。有貓聽，有貓不聽。直到發現有誰不再出現，才會知曉。

即便如此，大概性格使然，貓族依然故我，置生死於度外。

金婆婆常爲此感到傷悲。爲什麼牠有占卜能力？這只是讓自己痛苦萬分，只能說天將降大任於斯貓，必先苦其心志，勞其筋骨，餓其體膚，空乏其身，行拂亂其所爲，所以動心忍性……牠的煩惱只有懂得貓語的巫眞才能了解。

08

廟裡的貓很多，巫眞低聲呼喚金婆婆，旁人見了不知內情，只道群貓紛紛回過頭來凝視巫眞和方圓兩人，簡直有大明星出巡的氣勢，蔚爲奇觀。

選舉的造勢活動，也不過如此。

巫眞眼前的貓紛紛讓開一條路來，過了好一陣，仍然不見金婆婆的蹤影，但一頭全白的貓擋在路前。

巫眞好奇這頭陌生的貓怎會取而代之坐在面前，難道牠是金婆婆的徒弟？

「請問金婆婆在哪裡？」巫眞問。

「我就是了。」白貓答。

巫眞拚命回想，上次見到金婆婆時牠是頭三色貓，在白底色上，還有一條橫跨上半身的黑色長環，和背上的咖啡色斑點。

「難道我記錯了？」巫眞望向方圓，尋求援助。

「我完全忘了。」方圓聳肩。

「有時我覺得失憶的不只是妳，還包括我自己。」

「對，特別在很多生活小節上，特別是繳交帳單時，要不是我提醒你，你交的罰款比要繳交的費用本身還要高。」

巫眞尷尬地笑起來。

「不用懷疑了，」金婆婆打岔道：「我每隔幾年就會換一次毛，全身毛色會變得不一樣。我上個月剛換了一次。」

巫眞恍然大悟，想起看過的武俠小說，把話轉告方圓，「原來跟天山童姥一樣。」

「你們找我是要占卜什麼？」金婆婆問。

「我想要知道方圓的記憶什麼時候回來。」巫眞說。

「她失憶了嗎？」

巫眞把前因後果說得一清二楚。

金婆婆比起很多人要有耐性。巫眞覺得人類的耐性和專注力愈來愈差，連動物也比不上。

「她的情況很複雜，我無法用平常的直覺去判斷她三個月內的運勢。」金婆婆道：「我這次的占卜方法比較特別，你們去給我買罐你們人類常喝、有氣的那種飲料回來。」

巫眞翻給方圓聽，又問金婆婆：「是可樂嗎？」

「我怎知道人類的說法！也許是吧！」

「貓喝可樂不會死掉嗎？」方圓問，沒有掩嘴，反正金婆婆聽不懂她說的話。

「牠體質應該跟其他貓一樣吧！」

雖然很多人喜歡拿家裡吃不完的飯菜去餵社區動物，但其實不是所有食物都適合牠們的消化系統。汽水和巧克力之類的，對牠們來說足以致命。

「可是牠會占卜耶！」巫眞一矢中的說，「我不認識另一頭會占卜的貓。我曾經懷疑牠的身體其實被外星人佔領，就像倪匡的科幻小說。」

方圓不想再跟巫眞抬嘴，「你要當牠是外星生物也算了。」

巫眞發現金婆婆一雙眼睛盯著兩人你一言我一語，便問：「有沒有指定哪個牌子的可樂？」怕金婆婆始終是貓，搞不懂人類的牌子，又問方圓：「我是不是該問牠要誰代言的？」

「牠哪裡懂得什麼叫代言？」方圓反問。

「那我怎知道是哪個牌子？」

「全部牌子的可樂都買回來就行了。」

金婆婆見巫眞和方圓七嘴八舌，很快就猜到是怎麼一回事，「其實，隨便一種有氣的水都行。」

巫眞鬆了口氣，但身上只有貓糧，偏偏這廟附近沒有便利商店，巫眞和方圓要特地騎機車去好幾條街外買。

「最便宜的行嗎？」巫眞手持在做大特價的汽水問方圓。

「你買最便宜的回去，難保占卜的結果也大打折扣。」方圓答。

「金婆婆說要有氣的，難道要買最貴的法國阿爾卑斯山氣泡礦泉水回去？心誠則靈，就像日本人去參拜神社，只會投個五円銅板。」

他見方圓沒答話，只好把平日省吃省喝正眼也不看一眼的五支高級飲料拿去櫃台，結帳後又匆匆趕回廟裡。

「這個可以嗎？」他拿出瓶子，放在地上，問金婆婆。

「有氣就可以了，」金婆婆重複今早以來的說法，又加上一句新的：「倒在地上吧！」

「倒在地上？」巫眞和方圓同時驚問。

「當然是倒在地上，難道你覺得我會喝嗎？」

巫眞望了方圓一眼。她不用開口，他也知道她想說「原來不用買那麼貴」。兩人已經達到心意互通的地步。

巫眞嘆了一口氣後，不再多想，也不願意多想，把高價飲料倒在地上，不能說不可惜。

有氣的礦泉水倒在地上後，發出吱吱咋咋的叫聲，形成一個形狀複雜的圖案。

巫眞本來以爲金婆婆會聚精會神注視圖案，想從中看出什麼來，沒想到金婆婆出乎意料之外，對圖案根本沒有興趣。牠只是把頭探出，瞇起眼睛，聆聽那些氣泡集體爆破的聲音。牠的表情看來像是享受，就像人類聆聽音樂。

在巫眞耳中，那只是畢畢剝剝，沒有意義的聲響，不只毫無節奏感可言，而且很快從一開始的猛烈激情偃旗息鼓。

金婆婆睜開眼睛後，巫眞問：「聽到什麼了？」

「我不只聽到，還看到，看到很多。」

巫眞問他最關心的事情，「方圓的情況什麼時候會好轉？」

「我不知道。占卜也有其限制，不是什麼事情都能算到。」金婆婆神色凝重道：

「我只知道你們身上即將會發生重大災劫。」

「是什麼？」巫眞問，忘了給方圓做翻譯。

「我不知道，我不敢說，也不知道該不該說。」

方圓見巫眞神色凝重，已知不妙。

她自從三個月前在台南車站那次事件裡失去記憶後，至今一直無法眞正痊癒。

「我見到很可怕的事情，難以解釋的事情。」金婆婆一臉驚恐，咧開嘴，露出小顆小顆的牙齒，「我看到你襲擊方圓。」

巫眞一愣，半晌後才把話轉告給方圓。方圓也一時反應不過來，同樣半晌後才道：「不太可能吧！」

「對，我有什麼理由打妳！」巫眞忙自辯。

「不，不是這個理由。」方圓雙手扠腰，「而是你根本沒有這膽量。是不是牠說反了？老娘襲擊你的可能性還比較大。」

巫眞不想開口承認，但打從心底覺得方圓的話還比較合理，又問金婆婆：「打情罵俏嗎？」

「不。你應該很認眞，充滿惡意。」金婆婆學人類般連連搖頭，用身體語言明確表示：「你把她壓在地上，用力扯她的頭髮，像要把她的頭扯下來。」

「不可能。一定搞錯了。」巫眞拉方圓的手臂：「我們走吧！」

方圓不爲所動，聽了巫眞的翻譯後，問金婆婆：「會在什麼時候發生？」換過另一個題目，像是接受現實。

金婆婆頭一側，望向巫眞。巫眞不想說，直到方圓加入一起瞪著他的陣營，這才幫忙翻譯。

金婆婆聽後答：「大概是在這兩個月內。」

巫眞隔了一陣，才把金婆婆的話翻成人語。

「是在什麼地方？」方圓又問。

金婆婆的答案經翻譯後是：「我更加不知道。我的活動範圍只限於這裡附近幾條街內」。

「妳還看到什麼？」巫眞問。

「就是一個很大的公園，有樹，也有一座廟。」

「說了等於沒說。」巫眞用國語道：「這種地方在台南有好幾百個！」

金婆婆不用巫眞翻譯，已猜到他的話是什麼意思，只好一臉無辜，「我所知的只有這麼多，誰教我只是一隻貓？」

巫眞掏出貓罐頭，誠懇道：「對不起，我剛才是衝動了一些。」

「我理解，你剛才的表現就像蒙上不白之冤。」金婆婆寬大地說：「你好好安撫方圓。對她來說，你也許像潛伏在深處的猛獸。」

巫眞不知該如何回答，只覺得金婆婆講的話完全超現實。

「我不知道在你們身上會發生什麼事。你們小心就是。」金婆婆最後忠告道：「要提防一隻渾身上下都有裝甲的動物。」

巫眞和方圓對望了一眼，問：「是螃蟹，或者龍蝦？」

「不要問我名字，我沒親眼見過，根本不知道是什麼。」

09

雨下個不停，滴滴答答。

貓不喜歡雨水，會找地方避雨。

巫眞的抑鬱和憂傷跟這天氣無關，而是來自金婆婆說自己會襲擊方圓的預言。

他覺得根本不可能會發生這種事。他怎可能會去襲擊方圓？

「根本只是一隻貓，說的話怎可能當眞？」方圓一直安慰他。

「金婆婆不是一隻貓如此簡單。」

「還不是只能吃貓糧，你餵牠吃巧克力看看，保證馬上口吐白沫、七孔流血而死。」

方圓說得近乎口沒遮攔。這女子一向強悍，不是一般的強悍。說實在的，巫眞覺得眞要打起來的話，自己不一定能壓著她，倒是很有可能反過來被她活活打死。

即使不死，也會被她的腳掌用力踐踏在頭上。

「我覺得我們還眞奇怪的。」方圓沒來由地說。

「什麼奇怪的?」巫眞問。

「遇上這種求神問卜的事，如果預測的是不好的話，一般女生會深信不疑，只會相信這是命運安排，反而男生會說不過是迷信，一笑置之，不會放在心上。沒想到我們的情況正好相反。」

「因爲他們沒我緊張自己的女友呀!」

「你少在自己臉上貼金!」

10

巫真口上不說，但有意無意間少去找方圓了，當然，是用很巧妙的藉口，也很慶幸，她的功課最近有點繁重，教她無法每天都過來看他。

「妳做完功課才過來吧！」他安慰道：「反正過了暑假，金婆婆的預言就無效了。」

「牠的預言根本不會實現。」方圓冷道。

巫真心想自己只要一直留在台南，就會和方圓碰面，就算自己不去找她，她也會過來找自己。

最好的方法，就是離開台南。

——不如去北部朋友家住兩個月？

巫真腦海浮起好幾個名字，嘴賤的夜神月被排除在外。如果去找這傢伙，肯定會和方圓吵架，然後不知怎樣兩人就打起來，陰錯陽差令金婆婆的預言實現。

他去廁所坐下來後，收到一個臉書邀約，這個叫周育麟的男人想和他視訊通話。

巫眞自覺有點垂頭喪氣，不想讓人家看到，這次只答應語音通話，反而在廁所這點並無所謂。

「聽說你懂得驅魔，是眞的嗎？」周育麟劈頭就問。

說到驅魔，巫眞馬上想起台南車站那件事。本來只是一件在車站二樓出現的神祕事件，結果愈搞愈大，最後還讓方圓失憶。

所以，驅魔這碼子事，本來有天命劍就好辦，他現在難免有點猶豫。不過這樣就好像對不起將這把斬妖劍送給他的鑄劍師。雖然老前輩沒有言明，但希望自己好好利用這把劍來斬妖除魔，而不是掛在牆上作裝飾品。

「要視乎是怎樣的鬼怪。」

巫眞愼重回答。如果又是什麼古蹟或老房子有鬼，多數都是很難對付的厲鬼，是狠角色，自己不應去冒這個險，蹚這種禍水。

不過，很多即使看來平平無奇的情況，以爲只有些小鬼在作惡，其實背後也有厲鬼作祟。

「放心，只不過是狐狸精。那個男人不知從哪裡招惹了一隻女鬼回家，對他們夫婦死命糾纏。對你來說，應該只是小菜一碟。」對方答。

又是這種無聊的事情，爲什麼那麼多男人喜歡拈花惹草？巫眞原本以爲對方千里迢迢邀請自己是爲對付窮凶極惡的厲鬼。豈料又是這種!?

他曾經替朋友的父母對付狐狸精，但他去到現場根本感應不到一點妖氣，只見到一個心虛的後中年男人，結果就是房子內內外外走幾個圈，講幾句場面話，連巫眞也覺得自己是做小丑。事後朋友雖然說他父親沒再去找那女人，但整個過程根本是心理作用，而無數「老師」就是靠這種方式招搖撞騙了好幾十年。

即使只有這種差事才能賺錢，但他覺得做一次就夠了。有超能力卻跑去騙人，他過不了自己這關。這種錢就讓那些「老師」去賺吧！

「你有興趣太好了。不過，我們在大阪，你願意過來嗎？」周育麟又問。

「日本不是有很多這種專家嗎？」巫眞反問。「爲什麼要千里迢迢來台灣找我？」

「這個客人是台灣人，他對同鄉較有信心。我從網路上讀到你的新聞，覺得可以找你幫忙。」

「日本太遠了。」

「他可以先付一百萬台幣作訂金，讓你過來，不管你接不接這案子，錢都是你的。完成後再付你一百萬。他沒有私人飛機，但可以讓你坐商務艙。你覺得怎樣？」

11

「有什麼要考慮的？你怕搭飛機嗎？」方圓劈頭就罵他。「這是全球化時代，你應該放眼全世界，反正你也沒去過日本，就當是出國觀光好了。你什麼時候過去？」

巫眞知道方圓在催促自己。她不是問「要不要」，而是問「什麼時候」。

他答：「明天。」

她半晌後才反應過來：「這麼快？」

「我等下就訂機票。」

「你有護照嗎？」

「我七、八年前去過香港，那本護照還沒過期。不過，現在有個問題。天命劍太長了，無法放進行李箱。」

「那就不要帶呀！你沒有天命劍前是怎樣跑江湖的？」

「沒有天命劍怎劈樹妖？」巫眞反問。

「你這次不是去劈樹妖。萬一需要劍，你就叫我送過去，或者，你再回來拿。」

「太廢時失事了，這劍用託運送去日本。」

「會不會弄斷？我讀過新聞說有大提琴在託運被弄斷為兩截，結果航空公司只賠償一萬，但大提琴的身價接近一千萬。」

「我也讀過那則新聞，只能怪大提琴手沒有買保險。」巫眞用試探的口吻說：「天命劍應該無法買保險吧？這是無價寶。不過，放輕鬆點吧，天命劍是用鋼造的，不會輕易折斷。」

「你怕不怕它的劍身突然脫鞘而出，在機身劃出一個窟窿來？」

巫眞猶豫起來。

「我要時，妳快遞給我可以嗎？」

「我拿過去給你。順便去日本玩。」

「不行，我要跟妳保持距離，這就無法傷害妳。」

「哈哈！你怎可能傷害我？」方圓發出古怪的高分貝笑聲，「你有沒有懷疑過其實金婆婆是爲了你的自尊心所以才把話反過來說？」

「什麼意思？」

「其實，會被打得半死的，是你。」

12

「其實，會被打得半死的，是你。」方圓想起這句戲言時，心裡默默淌淚。

回台南的台鐵塞滿了人。

她握著扶手，一直看著巫眞。他並沒有回望她，也沒有因爲快要回家而高興，反而流露陌生的表情，彷彿和她素不相識，只是留意窗外流動的風景。

他回來了，但只剩軀殼。

方圓沒有忘記那天金婆婆的預言，只是情況很不一樣。

巫眞不只沒有打她，反而受了傷也喪失了記憶。

她開始後悔讓巫眞去日本，如果沒有成行，他根本不會變成這樣。

他是爲了自己的安危才去日本……不，即使他不過去，自己也不會有什麼危險。

那個什麼金婆婆根本胡說八道，憑什麼要相信一隻貓的預言？她連人的預言也不相信。那些命理書她從來沒買過，不過是用來騙無知婦孺錢的玩意。

方圓想起在網路上讀過一篇文章說台灣就是這個樣子，如果有一家店的生意不好，老闆就只會去找風水老師，給店換個名字，或者重新擺設來適應風水，從來沒想過其實最根本的問題是出在管理上，是行銷的問題，或者是產品本身的問題，那些才是最實際的東西，而不是玄之又玄的風水命理。

方圓的右手想要伸過去牽巫眞的手，但剛舉起就縮回去。

13

一直把全副眼光和注意力放在巫眞身上的方圓，並沒有發現從機場開始，就一直被一個日本青年跟蹤。他的打扮一點也不像觀光客，平實的衣著和其他台灣人沒有兩樣。

他上到車廂後，一直站在方圓和巫眞身後，距離近到甚至可以聽見方圓和巫眞之間的談話，可是兩人即使面對面，話也不多。

日本青年會聽會講漢語，沒想到這方面的才能居然暫時無用武之地，只好繼續靜靜跟蹤。

他早料到兩人離開機場後要一直換交通工具，這也是他最擔心的事。被跟蹤的人會很奇怪怎麼有人一直跟在自己後面。幸好他也一直趁他們沒留意時變裝，由戴上太陽眼鏡和帽子，把外套反過來穿不斷變換外表，其實這種簡單的變換就可以騙過很多人，除非留意跟蹤者下半身的裝束，像褲子和裙子，特別是鞋子。

這裡是和平寧靜的台灣，不是槍林彈雨、烽煙四起的香港。大部分人都不會留意身後的人，也沒有提防被跟蹤的意識。除非有人拍照或錄影再做對比或臉部辨識，否則根本不會被發現。

14

方圓想要知道巫眞在日本發生什麼事，可惜堺市並不是大城市，巫眞遇上的意外，大媒體像朝日新聞和NHK等並沒報導。

她學校裡有交換生到日本，也許有人住在大阪甚至堺市，可以請她們幫忙追查。

想著想著，已經快要回到巫眞的住處了。

他要她提醒才知道到站了。

「就是這裡。」方圓指向群貓鎮守的巷口。

「就是這裡？」巫眞很是疑惑。

方圓一度懷疑他是不是開玩笑，但他一臉認眞無比的表情已是答案，再去問他便是調侃，就是不信任。

巫眞下車時，仍然左顧右盼，彷彿一切都很新奇有趣，表情簡直跟外地來的人沒有兩樣。

走到巷口時，他看見一黑一白兩隻貓蹲在巷前，「眞像門神似的。」

「牠們是黑白無常。」方圓介紹巫眞認識他自己的貓。

等他探頭進巷子時，才發現還有幾十隻貓在裡頭流連，竟然瞠目結舌。

「這是怎麼一回事？」

「全是你的貓。」方圓早已不期望他懂得貓語。

「到底有多少隻？」

「上百隻吧！」

巫眞大吃一驚，「可是看來沒這麼多。」

「現在應該沒有，因爲有些貓去了外面玩呀，打獵呀，搜集情報呀！」方圓即使失憶，但幾個月下來對巫眞和群貓的認識已回復到失憶前的水平。「等牠們回來了，就會有另一批出去，像換班似的，所以，我也沒見過牠們全部聚集在一起。不過，以我所知，總數應該有一百隻以上。」

巫眞似懂非懂地點頭，那個吃驚的表情不可能是裝的。

巫眞進到屋裡，發現被群書徹底包圍時，又再大吃一驚，方圓也一再不厭其煩地爲他解釋，向他介紹何處是廚房、廁所、睡房等。

方圓不只覺得他們兩個的角色對調了，而且自覺像是房屋仲介。

她在他身後窺看他的一舉一動。他的目光從天花板掃到地板，從一樓掃到二樓，從客廳掃到房間。

方圓打開一個抽屜，裡面有幾卷鈔票用橡皮圈紮起來。

「妳連這個也知道。」他有點驚訝。

「我並不是你的一般女性朋友。」她的語氣平靜，但含著只有她才懂的怒氣。

即使貓是同一批，房子是同一家，人是同一個，但他在這裡反而顯得格格不入。

她看出他自從進了屋後，話也沒多，不是沒有話要說，而是在盡量壓抑自己，以免自己的驚訝嚇到她。

她覺得應該告訴他，她和他在一起，見過的怪事已經夠多，安平樹屋的樹妖、從紙本書裡跳出來的字鬼、在台南車站裡等了愛人幾十年的日本鬼……簡直多不勝數。

她跟他一樣，都不是容易被嚇倒的人。

她介紹完畢後，已經是晚上七點多，窗外的藍天白雲已被夜色悄悄換上。

「去吃晚飯吧？」她提議道。

「我不餓呀！」

「誰說要肚子餓才能吃飯？你應該很累吧！早點吃完，就可以早點回來睡。」

「不用了，我……我暫時還吃不下。我晚點一個人吃就好了，妳回去吧！」

他說得很客氣，簡直就像他們初相識時那樣見外，不，是更加見外。

她本來想找什麼理由留下來陪他一起吃飯，但想到他說得再婉轉，意思還是很清楚。

他想一個人吃飯。

他需要給自己獨處的空間，來適應突如其來的變化。

「你現在活動自如的只有一隻右手，這樣吃飯或者做什麼很不方便吧！」她老實說：「我可以給你餵飯，或者打理其他家務。」

巫真直勾勾地望著方圓，隔了一陣才說：「不用了，我不是殘廢的。」

方圓沒想到巫真會這樣回應。換了在以前，他會說很樂意吃殘廢餐，然後讓她取笑他是廢人或者廢物。

方圓不勉強他。顯然對失憶的他來說，自己是一個他剛知道名字的陌生人，今天只是他們第一次見面。

「好吧！我暫時先回去，附近有不少地方可以買到晚餐。他們都知道你愛吃什麼，希望你的口味和以前一樣。」

「希望吧！」巫真道，但毫無感情。

「我明白。」她很快收拾好心情，「不管怎樣，你還有我！我們可以一起面對明天，不管明天變得多艱難。我明天再來看你好了。」

「妳有空再過來。」

他已經忘了自己要上課，甚至不知道自己還在唸大學！

「你的手機呢？」她問。

他一愣後，從背包裡搜出來，用閒置的右手。

「給我看看。」她伸出手來，接過他的手機。

他的手機鎖上了，無法解開。這手機是沒有指紋辨識功能的舊款。

巫真沒興趣追逐新款手機，說「手機能用就好」，方圓也欣賞他的踏實，如今卻覺得有時也該追逐最新科技。

「怎麼了？」巫真倒不著緊，大概手機對他來說已沒有用處，他也沒人要聯絡。

「我也不知道，我搞不懂這玩意。要不要我拿回去找高手幫你搞定？我們以前有些照片在裡面，你好像沒有下載，洗掉太可惜了吧！」

「不用了，我也許會想到。」

開什麼玩笑？方圓心想。你怎可能會想到？

她抓了張放在桌上的便當菜單，反轉過來，「我把我的手機號碼寫下來，你要是有什麼事要找我，可以去巷外的水果店借電話打給我。那個老闆娘和你是好朋友。」

巫眞微微點頭，可是她覺得他很有可能根本不會聯絡自己，永遠不會。

她趁巫眞把菜單放下時，不動聲色地把巫眞的手機抄進褲袋裡。

「你的電腦沒有登入密碼，裡面有我們的合照，你可以看看，也許可以勾起你的回憶。」

「嗯。」巫眞應了聲。「我已經忘了怎樣用電腦。」

方圓走到書架前，把一個藍色文件檔抽出來，「這裡面是媒體對你的報導，是我替你收集的，你可以從中更瞭解你自己。」

「嗯。」巫眞又簡單應了一個字。

方圓知道這些，是因爲早前她失憶時，巫眞用這方法喚醒她的記憶。雖然她想起來的並不多，但從那些照片上自己的笑容可以感受到巫眞以前是怎樣愛自己，而自己又怎樣從中感到人生的喜悅。

只是她沒想到如今要把這些勾回記憶的招數反過來教巫眞。

她長長地看了巫眞一眼後，帶著他的手機離開這一條她走過不知多少遍的巷子，心頭湧起前所未有的孤獨感。

這次遇到的案子和以前的很不一樣，主角就是巫眞，她要一個人去調查。群貓同時轉頭注視她，那一雙雙眼睛裡像隱含了千言萬語。

沒有了巫眞，這些貓就只是單純的貓，她再也無法瞭解牠們的內心世界。

15

學校裡很多男生平日都自稱是電腦或網路高手，到底是真材實料或者打嘴炮，現在是驗證的時候。

方圓從她同學開始發問，「到底有沒有辦法解鎖？我要裡面的資料。」

「這牌子的手機鎖起來的話，根本無法解鎖，只能重設。」

「就是把裡面的東西全部洗掉，回到出廠時的狀態嗎？」方圓問。

「沒錯。」對方答。

方圓不是手機白痴，但也知道被上鎖的手機實在難解。可是，這手機就像推理小說裡的密室，巫眞出事的眞相和破案線索也許就被鎖在裡面，她一定要找出來才罷休。

她和小靜二人組到處問人，一個接一個，前後問了至少三打電機系的高材生，不問白不問，但答案並不理想。

最後找到的這個地方是小靜前男友的室友的朋友的鄰居的妹妹，那一頭染白的亂髮根本不像女生，倒是像懂很多法術的魔法師。

她家裡有三頭黑貓，隱藏在不同角落裡，要不是方圓眼利，根本不會發現。有貓這點讓她感到異常親切。

「怎樣破解，視乎手機型號，是安卓手機或iPhone，再來就是作業系統的版本。愈新的愈難破解。你男友這台手機雖然是舊款，但作業系統似乎是最新版本。」魔法師凝視手機，彷彿能透視內裡的結構，「我聽說有些機器可以幫忙。原理很簡單，就是先給這手機的硬碟做備份，然後針對備份進行密碼攻擊，由八位數的00000000開始一直試下去，直到找出正確密碼爲止。」

「我聽過這種技術，」方圓道：「但不知道手機也可以這樣做。要花多少年才可以找出密碼來？」

「妳以爲是石器時代嗎？現在處理器的速度都很快，而且是幾十個處理器一起跑。幾年前要用幾個小時才能搞定，現在說不定只要一個小時。」

方圓不自覺笑了出來。她和小靜平日互相取笑對方是古人原來沒錯。

「可以幫我嗎？」

「這機器台灣只有舊款，新款的話要到國外找。不管新舊，收費都不便宜。妳需要的話，我幫妳去問。」

「我只是學生，哪來大錢？」

方圓望向一直沒說話的小靜，小靜輕輕聳肩。要是魔法師是男生，小靜就可以施展萬種風情向他放電，十個男生裡有一半會被她收服，可女生的話小靜就無能為力。

一隻黑貓走出牆角，在方圓腳邊磨蹭。方圓忍不住把牠抱起來，輕輕撫摸牠的頭頂。貓發出很舒服的叫聲。

魔法師把這一切看在眼裡。

「台南車站的事就是妳和妳男友解決的嗎？」

方圓一驚，魔法師根本沒問過她的背景，小靜也沒說。

「妳怎知道？媒體上不是這樣說的。」

「有人在Dcard上爆料。我早就認識妳。別忘了，我們這種人很擅長搜集情報。」

另外兩隻貓走過來磨蹭魔法師的腳。「不用擔心錢的事，全包在老娘身上。」

「我怎能讓妳破費？」方圓很堅持這點。

「黑客之間有不一樣的方法去計算報酬。大家都為台灣做事，我們用科技，你們用魔法。兄弟爬山，各自努力。」

16

飛機降落在關西空港後，巫眞才鬆了口氣。

只要離開方圓，就不可能傷害她。

機場裡一切看來都很熟悉，包括顏色的搭配，還有指示牌上用的字體，都給他莫名的親切感。

周育麟在關西空港等他，舉起的白色紙牌上用藍筆寫了「巫」一個字，引起一些人注意。

周育麟聽聲音像只有三十來歲的人，但本人原來少說有五十歲，很瘦很乾，比臉書上的照片要蒼老得多。

「你的氣場好強呢！」他一見面就道。

「你能感受到？」巫眞反問。

「當然，我也有氣場，但弱得不像話。」

周育麟伸手要幫巫眞搬行李，巫眞拒絕，畢竟對方的年紀比自己大，於禮不合。

「不用客氣，過門也是客，更何況你已出了國門！」周育麟笑意盈盈，望向巫眞揹負用布包緊的長形之物，問：「是什麼來的？」

「是斬妖劍。」巫眞早就準備好了台詞，「我劍不離身。」

「ＯＫ，」周育麟露出好奇的神色，「是不是像殭屍電影裡的桃木劍？」

巫眞沒料到會有此一問，「功能上算是差不多！你不會叫我來對付殭屍吧？我沒有這心理準備。」

「日本不流行殭屍這一套，大概是日本妖怪太多，山裡河裡都有，像山妖河童，簡直無處不在，連殭屍也沒有立足之地。」周育麟推眼鏡，「堺市離關西空港很近，我們坐南海特急rapi:t過去不用半個小時就到。」

巫眞來過日本，那時很小，所以連方圓也沒說，但也知道日本鐵路是高科技產物，有很多不同的種類，共通點就是快速，成熟，舒服，便利，最重要的是，有很好吃的火車便當。

17

巫眞在車廂座位坐下，等車子發動後才問：「到底爲什麼會找上我？」

「我不是跟你說過了嗎？客人是台灣人——」

「可是台灣也有很多人選。」

「原來是說這個——」周育麟露出「明白」的表情，「因爲你姓巫。」

「姓巫又怎樣？」

「姓巫的祖先是巫師，你不知道嗎？」

巫眞小時候就聽過這說法，但從不以爲然。

「我怎知道？我父母從來沒跟我說！」

巫眞想告訴他，其實親生父親早死，他的父親是養父。這事情他連對方圓也沒提過。反過來，一向神祕兮兮的方圓也很少提自己的身世，大概也是不想提。

「《山海經》提過一個傳說中的巫師團體叫『靈山十巫』，主事占卜和醫藥，他們的後人天生就是地上最厲害的巫師。」

「我不是巫師，不懂巫術，只懂氣場。」巫眞把周育麟膝上的保特瓶隔空吸到手上。「就是這樣。」

「見鬼！原來你連巫術的ＡＢＣ也不懂！眞是開玩笑！你怎麼出來混？」巫眞無法搭口，總不能說台灣就是這樣，實在有辱國體，動搖國本。這是方圓才能應付的場面，他只能張口結舌。

此時，他感到置身好幾股氣場裡，這些氣場愈來愈強大，也愈來愈複雜。他從來沒碰過這種狀況。

雖說全台廟宇至少有一萬二千座，比便利商店還多，台南甚至是三步一小廟，五步一大廟，但氣場也沒這裡來得如此澎湃。

「歡迎來到堺市。」周育麟指著頭頂的走馬燈上顯示的下一站站名。

「堺雅人的『堺』，這名字也好怪，好像是什麼邊界或結界的意思。」

「你的說法也沒錯，這裡以前確實是界。」

周育麟娓娓道出堺市的故事。

堺市位於關西空港和大阪市之間，是大阪府其中一個市，座落在此的百舌鳥古墳群擁有一百多座古墳，埋葬了很多日本天皇，因此充滿氣場。

「最大那座古墓屬於仁德天皇，繞一圈走要起碼半個小時，是全世界最大的古墳，比埃及最大的金字塔還要大。」

「這麼厲害我怎麼沒聽說過？」

「應該是因爲它不開放。遊客無法進去，也少了興致。你要欣賞只能去市政府（市役所）二十一樓的展望台居高臨下，但只能在白天去，晚上看的話古墳裡一片漆黑。」

巫眞點頭，提醒自己明天要一大早過去看。

「你愛喝綠茶嗎？」周育麟問。

巫眞微微點頭。

周育麟說：「那你一定會喜歡這裡。一代茶人千利休（1522–1591）是日本茶道的宗師級人物，在本市出生，留下不少足跡，像他的故居、宅邸遺址、紀念他和與謝野晶子的『堺利晶之杜』，而南宗寺不只是他修行之處，也是他最後長眠之地。」

巫眞又暗暗記下。

「後來本市成爲日本和外國做生意的特別行政區域，所以才有個名字叫『堺』，也因此非常繁榮。這裡有一件大事：『堺事件』（1868）。當時堺市港口對外開放，由土佐藩藩軍管理，有天和法國船上的軍人衝突起來，把船上十個士兵和一個少尉全部殺掉。法國海軍艦長大怒，除了要賠款，也要日本交人，處死二十個藩兵。行刑時，日本武士逐一切腹自盡，把內臟扔向監刑的法國人，嚇壞了他們，於是十一個人執行死刑後，法國人說夠了，數量已經和死去的法國人數目相等，其餘人被赦免。」

故事說完，巫眞他們也到了堺市。

巫眞以爲這次去大阪可以在道頓堀的橋上和固力果百奇的大廣告拍照和打卡，沒想到車外是截然不同的風景。高樓大廈並不密集，跟他想像中或者電視劇上看到的人來人往的日本大城市很不一樣，看來很平靜，陽光猛烈，一點也不像會有鬼怪出沒。街上的行人並不多，甚至比台南更少。

出了車站後，最教他意想不到的是，路上竟然有軌道電車行走，台南幾十年前也有類似的五分車，來往糖廠和市區。

「和你想像中的大阪很不一樣吧！」周育麟道。「歡迎來到堺市！」

18

方圓第二天去巫眞家時，大門沒關上，但不見他的蹤影。

他沒手機，無法聯絡上。

他去了什麼地方？是去她家找自己嗎？

不，他根本忘了自己的地址，又怎懂得去找自己？

又或者，他的記憶已經回來了，所以親自去她家給自己驚喜？

她不知道，但決定留下來等他。

她早就準備了作業，在桌上攤開來，邊做邊等。

群貓仍在，向她行注目禮，就是無法跟她說話。

以前，巫眞會充當翻譯，讓她跟牠們聊天。

她最喜歡問牠們去了什麼地方，做了什麼。

答案往往很無聊，但很有趣：去打獵、散步、看人等等。

貓眼裡的台南，跟人眼中的台南，有相同也有不同的地方。

牠們告訴過她，最大的不同，就是台南充滿危機，來自機車、野狗、頑童，和其他地盤上的貓。

在貓的世界裡，台南幾乎就和台北人的艋舺沒有兩樣。

透過巫眞的翻譯，貓就不再只是懶洋洋無所事事的貓，而是跟人一樣有故事有想法也充滿個性。

不再懂貓語的巫眞，讓這些貓還原爲一頭頭普通不過的社區動物。

相信對這些貓來說，自己也變回一個尋常不過的女子，頂多加上氣場而已。

和貓聊天，是他們的小確幸時光。

她一定要讓巫眞變回正常，還原回他的出廠狀態。一定。

19

方圓邊做作業邊等，一個又一個小時過去了，不知不覺已經晚上八點多。

方圓看了一眼時間後，心思繼續回到作業裡。

「妳來幹嘛？」

突然出現的巫貞這一問，方圓覺得唐突得很。

「我是你女友啊！」方圓很想直接坦白，但最後只說：「我不知道你怎樣了，所以才來看你。」

巫貞說：「嗯，謝謝！」語氣平淡。

這個「嗯」字，以前便很少聽他說。

方圓沒想到失了憶的巫貞，會連說話的方式也不一樣。

她從背包裡掏出一台復刻版的經典Nokia 3310，「我找了一台手機給你，放了你的記憶卡進去。」

她沒說的是，由於機款不一樣，用的ＳＩＭ卡也不同，但她也打點好了。

「現在就可以用嗎？」巫眞怯怯地問。

「你還記得怎麼用手機嗎？」方圓試探地反問。

「記得。」巫眞說，在上面輸入號碼，然後按「送出」。

「對，對，對，」方圓連連點頭，「爲什麼你會記得怎樣用手機，而把我忘掉？」

巫眞聳肩。

「你的手怎樣了？」方圓一直沒有忘記。

「一樣。」巫眞說時，左手又抽動一下，「這手還眞奇怪，如果不理它，它只會幾個小時才動一次，但只要妳一提起它，它就馬上會抽動。」

「換句話說，你的手比你還要快想起我。」

巫眞沒答話，方圓覺得他被一團冷空氣包圍。「要不要去看醫生？」

「沒用的。我這手應該和身體神經無關。」

「天曉得。我聽說幾年前系上有個同學上課時會突然走出來跳舞，跳得很難看。開始時大家以爲她是惡作劇，但她跳得愈來愈快，最後昏倒下來。一個醫學院的教授斷定是一種名爲『舞蹈症』〔註〕的狀況。不過，你看來不是患上這個舞蹈症，說不定有解決辦法，要不要我陪你去看醫生？」

「不用。妳走吧！」巫眞不耐煩地道：「我想一個人冷靜一下。」

方圓不想丟下他，可是他根本不歡迎她。她想說什麼話安慰他，但最後決定靜靜地離開。

註：全名為「亨丁頓舞蹈症」，Huntington's Disease，為一種無法治癒的遺傳病，其中一成患者最後死於自殺。

20

昨天從日本堺市跟蹤到台南的日本青年，正坐在小吃店裡，一邊喝珍珠奶茶一邊吃棺材板。

他早前過馬路時只顧看右邊，忘了在台灣車子的方向盤在左邊，而日本是在右邊。幸好沒人發現。

另外有一點同樣沒有人發現，他走路時，鞋子沒有發出一點聲音，就算跑步時也一樣，不只鞋子有功勞，也是他多年訓練的結果。

雖然手裡的台南觀光指南被翻到介紹安平樹屋的一頁，但一雙眼睛其實一直盯著馬路對面，水果店旁邊有兩隻貓守著的巷口。

21

方圓很清楚自己的「選擇性失憶」屬於超自然範疇，巫眞的失憶是不是也一樣？他的手臂不受控是不是和失憶有關？

由於在超自然方面根本不知道找誰去給巫眞看病，只好從醫學方面入手，碰碰運氣。

方圓帶巫眞看了幾個醫生後，終於找到一個看起來是專家的人物。大家都說這人不好約，但他對巫眞的情況很感興趣。

巫眞也很樂意去看他，畢竟別的醫師都對他的情況舉手投降。

明教授在國外拿到博士，目前是大學教授，也是幾家醫院的顧問醫師，是國內心理學的權威。

他對巫眞被包紮的左手微笑點頭，方圓怎看也覺得他像不懷好意。她常覺得唸心理學的人說不定本身心理也有問題，這想法再一次獲得證實。說不定他白天在大學裡當教授，晚上出門當連環殺手。

「這是創傷後遺症嗎？」方圓試探地問。

「PTSD不是這樣。」明教授很快已下判斷。「幾年前在香港有個類似的情況，有個人衝進酒樓裡，撕破喉嚨大聲問：『誰有刀？快借我！』客人見他雙眼發紅，不只沒人回答，還避之唯恐不及。他在大堂裡跑來跑去。有個服務生居然回答：『廚房有刀，多到你兩隻手也拿不完。』那人便衝進廚房，廚師們相繼逃命似地從廚房衝出來，一臉驚恐，有幾個手上還拿著調味料，其中一個說：『神經病，從未見過如此可怕的事情！』」

明教授隱藏在金絲眼鏡後面的眼睛非常詭異，和燦爛的笑容形成強烈對比，「你們覺得發生什麼事？」

方圓沒答，現在又不是上課，為什麼要玩問答遊戲？

「是不是拿刀出來砍人？」巫眞倒是答得直接。

「不，那人一直留在廚房裡。警方到場後，在廚房門口等了幾分鐘也不見他出來，便反客為主攻進去，只見他以很奇怪的姿勢坐在地上，整條左手手臂放在砧板上，右手舉起菜刀，大力砍下去。他臉上露出哭笑不得的表情，好像卡了陰。好幾個目睹這一幕的警察後來都要去看心理醫生。」

教授臉上露出像殺完人後大滿足的表情，「這情況就很像你們常常經歷的那種事情吧？他被厲鬼纏身，所以做出自殘的行為。」

「其實這種事情我們不是常常經歷，」方圓說：「鬼纏身也不一定做出自殘的行為，而是驅使宿主做出不由自主的事情，或者讓他變成另一個性格完全相反的人。」

「那你們怎解釋這件事？」

「也許是鬼上身，但我們要親自看一遍才敢肯定。」

「以前我們覺得是鬼上身，教會更會舉行驅魔儀式，但現在心理學已可以作出解釋。這是『異手症』，學名叫Alien Hand Syndrome，是一種神經異常，neurological disorder。」

方圓覺得教授就喜歡中英夾雜，好像說話能較有說服力。「可是巫眞並不是鬼上身。」

明教授並沒有理會方圓，繼續他本來的話題。「會出現異手症，往往是在動過手術之後，又或者頭部受到衝擊，從而影響了大腦神經的活動。他的頭受過傷嗎？」

「他忘了，我們也不確定。」

「不確定也沒關係，就當有好了。」明教授一直說，臉上的笑容一直沒有消失。

「有什麼好笑的？」方圓問。

「異手症是很罕見的心理異常，可遇不可求，我願意免費爲他治療一輩子。」

「幹！」方圓立時站起來，「要治療一輩子豈不是根本無法痊癒！」

醫生像被方圓突然爆出來的髒話嚇到，「目前醫學界對這病也沒有太多的了解，唯一可以肯定的就是和鬼怪無關。雖然患者不多，但如果把研究成果寫下來，也可以造福社會。」

「我不想做白老鼠。」一直不說話的巫眞終於開口。

「不是白老鼠，你還是你，不會被關在實驗室裡，也不會被解剖。」

「到底有什麼治療方法？」方圓問。

「還沒有，可以把紗布解下來給我看嗎？」明教授溫柔地說。

「不行，這手不知在什麼時候會給你一拳。」方圓道。

「怎會？這條手臂看起來很乖很安靜。」教授輕撫巫眞的左手，彷彿它是隻溫馴的動物。

方圓看在眼裡，覺得這教授變態極了。

「我來動手好了。」教授還沒有說完，也不等巫眞同意，就自行解開左手的束縛。方圓要阻止也來不及。

巫眞的左手自由後，出乎意料，居然保持安靜。

「很乖的嘛！」教授輕掃巫眞的左手，方圓覺得有什麼地方不對。

教授不管用敲或者用刺去試探左手，但巫眞的左手完全沒有反應，也沒有感覺。

「我覺得這手並不屬於我的。」

「也許是神經出問題，我要介紹你去看專科醫生。」

「那些專科醫生都說這手不是神經的問題了！」方圓不厭其煩再說。

巫眞左手突然發難，不受自主地到處揮動，看來像力大無窮。

明教授緊張起來，想伸手去按著那手卻不知從何入手。「可以怎辦？」

「這就是我們來找你的原因啦！你怎麼反過來問我們？」方圓心想，但還是答：

「什麼也做不了，只能等這條手臂沒力氣軟下來，才再紮起。」

「太被動了，這條手臂不是小孩子，而是你身體的一部分，」教授盯著巫眞的眼睛，「你要這樣告訴自己。」

「我明白，」巫眞邊說邊被手牽起全身的活動。「我一直都在這樣告訴自己。」

明教授像獵豹般接近巫眞，張開雙手，彷彿巫眞的手臂是一頭掙扎求存的獵物，隨時可以要它束手就擒。

沒料到，巫眞的左手一拳揮過去，這一記強而有力的左勾拳擊中明教授的鼻梁，讓他重重倒在辦公室的地毯上。

鼻血正慢慢從他漆黑的鼻孔沁出來。

方圓望向巫眞，他的右手正抓著左手牢牢不放，似乎想控制這頭猛獸，但不太成功。

他以一臉垂憐的表情望向倒在地上的教授後，抬頭望向方圓，堆起尷尬的笑容。

方圓不敢走近明教授，心想這不是技術擊倒，而是意外擊倒，更怕他會大爆發。

明教授狠狠注視方圓和巫眞，兩人幾乎是用逃的離開醫學院大樓。

「幸好我不是他的學生，不然就麻煩大了。我以後不會接近醫學院的大樓，免生意外。」方圓抓著巫眞的手，喃喃道：「看看你現在這個樣子。」

換了以前，巫眞會說：「我寧願像妳說的，被妳襲擊。」但現在他一句也沒說。

22

周育麟替巫眞安排的飯店就在「堺」駅對面，是個設計新穎的建築物。

「抱歉，堺市沒有五星級的飯店，我只能安排一家四星級飯店給你，不過，是上好的房間。」

飯店大廳很大，電梯很大，房間也很大。進門就看到一張大沙發和茶几的小客廳，要轉左才是寢區。別說夠方圓來睡，就是偷運三十隻貓過來睡也沒問題。

剛放下行李，巫眞本來以爲周育麟會識趣離開讓自己休息，沒想到他根本沒這意思，反而在沙發坐下來。

「很累嗎？」

「不會。」巫眞本來想說累，可是自問二十歲出頭才坐一程短程機就說累實在太丟人現眼。

「嗯，年輕眞好。從高雄搭飛機過來要多久？」

「三小時十分。」

「你也算得很準，第一次來日本嗎？」

「對。」巫眞撒了個謊，不想多說上次的旅程。

「以後你會常來的，日本是會讓人上癮的地方，特別是像你這種年輕人。你喜歡古早的東西吧？像老建築、老街之類的？」

「對。」

「日本人保留老東西很有一套，下次你可以跟女友過來，你有女友吧？」

「有。」

「多少年了？」

巫眞覺得周育麟的問題還眞多，而且跟工作無關。

「一年多了。」

「要小心呀，專家說感情只有十八個月的蜜月期，期間甜甜蜜蜜，接下來就是甜酸苦辣什麼都來。哈哈！」

巫眞陪著乾笑起來，心想：你說夠了沒有？

「她也懂得驅魔嗎？」周育麟又問。

「她嗎？」巫眞不想多談方圓，不希望她面對不可知的風險，「不會，只是一般女生而已。」

「啊，這樣一來，她能不能夠理解你的工作？會不會覺得很奇怪？」

「也不會，她雖然只是一般女生，但脾氣也是怪怪的。」

「怪怪的女生比較有趣吧？不然你會覺得很沉悶的。」

巫眞覺得周育麟的話也有道理，「算是吧！」其實他沒跟一般女生交往過，根本無從比較，但這些話不用跟周育麟坦白。

「怎個怪法？」

「她能接受我就夠怪了吧！」

「說得也是，哈哈！」周育麟笑道：「你們會結婚嗎？」

「我沒想到那麼遠，她還在唸大學。」巫眞一直覺得不娶方圓難道和貓結婚？

「唸大學沒關係，在日本這裡，有些年輕人大學還沒畢業就跑去結婚的。」

「台灣也有這情況呀！」

「你也可考慮看看。」

「我沒準備好！」這倒是眞話。

「看來你們的感情還沒好到有結婚衝動的地步，不好意思，我話太多了。」

巫眞覺得周育麟不只話太多了，而是多到令人厭煩的地步。他繼續拿一大堆問題來轟炸巫眞，近乎盤問，連記者也沒有問得如此仔細。

「你以前在哪裡讀書？」

「你有多少兄弟姊妹？」

「你家人是什麼職業？」

巫眞有技巧地不答，希望周育麟知所進退，可是事與願違。即使只是想多認識自己，但未免話太多了。

「要不要出去玩？」

「不用了。」

「附近有家很不錯的料理，等下我帶你去。」

「不用了，我有點累，想早點睡。」

「早點吃了晚飯回來，就可以早點去睡。」

「不，我連晚飯也不必吃了，剛才在飛機上我吃了雙份飛機餐。」

就在巫眞的內心小劇場快要切換戲碼成暴力電影時，周育麟終於不再勉強，笑道：「第一次搭飛機就是這個樣子。明天早上十點，我在大廳等你吧！」

巫眞點頭。

周育麟揮手走後，巫眞嘆了口大氣，終於耳根清靜。

他很少見到話如此多、彷彿不說話就無法呼吸的人，簡直像一部收音機，今天實在歎爲觀止。

他環顧身處的這個空間，如今徹頭徹尾只剩下他一個人在陌生的國度。方圓遠在幾千里外的台南，中間還隔了一片大海，讓他無法走路回去。

兩人相識至今，從來沒相隔這麼遠。

他打開行李箱，把小筆電拿出來，插上電源，連上網路，等看到卡提諾時才終於鬆了一口氣。

他回到熟悉的地方了。

他打開視訊軟體，方圓已經在線上等著。

連線後，方圓的容貌在小畫面上出現，畫面動態還不夠流暢，影像時有鋸齒出現。

「到飯店了嗎？」她問。從聲音聽來，她很高興自己信守承諾找她。

「對。」

「看來一切很順利吧？」

「算是。」

巫眞把抵達後的所見所聞娓娓道來，特別是很長舌的周育麟。

方圓失笑，「這樣的男人已經絕種了。學校裡多的是不多話甚至沒話的宅男，只能透過手機跟坐在對面的人聊天。」

巫眞苦笑，這種情況確是愈來愈普遍。

方圓又道：「大概是希望你放輕鬆吧！有些人就是這樣。」

「也許是。」

「不過，他說話的口吻好像另有意圖，衝著我來問。」

「也許只是好奇吧！畢竟妳在媒體上幾乎隱形。」

「這是我們當初說好的。」方圓提醒他說：「我可不想在學校裡被當成怪物看待，只想靜靜地完成學業，畢業後走人。你難得去日本，留下來就好好玩幾天。」

「我是來工作的，妳是怕我回去襲擊妳吧！」

「你敢襲擊老娘？」

巫眞想起她那個虛張聲勢的樣子，不禁好笑。

兩人聊了大半小時後才離線，慶幸在這個網路年代打這種電話不用錢，不然長途電話費說不定已經把這次工作的報酬啃光了。

接下來，他到網路上搜集堺市的相關資料。說不定他要對付的鬼怪，就是跟這些傳說有關。

即使是日本的鬼，「知己知彼，百戰百勝」的道理還是沒有錯。

自從在台南車站一役以來，氣場對他來說已經不再只是用來評估敵我雙方能力強弱的抽象東西，他已經學會怎樣利用氣場來作戰鬥工具，希望有一天可以把氣場當成龜派氣功那樣用。

只是，他一直學得很慢，畢竟，怎樣運用氣場，師父並沒有教他，一切全憑他自學和領悟。

忙了好一陣，才不過七點，他決定到外面走走。

他想去古墳群看看，但這種地方以他的體質來說晚上應該不宜去。他發現很多古墳外圍有水道設立屏障保護，這時也不開放。

不如去找路上的貓攀談，希望從別的角度瞭解這裡。

剛才他在飯店外見到一頭黑白雙色貓蹲在附近進行「人類行爲學」研究。

他從未和台灣以外的貓聊天，不知道牠們講的是不是和台灣一樣的貓語？

23

最近一星期，方圓每晚都獨自騎機車到夜市吃晚餐。

每晚都要吃不同的東西，幸好台南的小吃種類很多，即使晚晚不同，也可以吃上好幾個月，也難怪每個來府城玩的人，離開時身上都會多一、兩公斤的肉。

她坐下來後，把顯然大過一般女生用的背包放在身邊。

這晚她吃的是小西腳碗粿，精選優質米磨漿，加入肉燥、蝦仁和香菇作餡料。

「若與豆子湯一同食用，風味絕佳。」老闆娘說。

每晚方圓都想起和巫眞一起去夜市的時光，眞是美好，彷彿擁有對方就等於擁有全世界。

可惜巫眞已變成另一個人似的，不管上門或打電話找他，他都沒有興趣回應。

最近一星期，她索性不再找他、不再聯絡他，可是，仍然無法忘記他。

不過，她再心不在焉，也知道自己被跟蹤。

她不管去到哪裡都發現那三個人，對方也沒有隱藏自己的意圖。

「你們到底有完沒完？」方圓終於忍不住回頭對那三個人說。

「我們是示愛兵團，爲找到愛卻不敢示愛的人表達他們的想法。」胖子看來是這伙人的首領，指向幾十公尺外一個身影，同時招他過來。「方圓小姐，這位就是中了邱比特的愛神之箭，和被妳的溫柔眼神俘虜的人。」

方圓放眼去看，是個看來很靦腆的男生。

一眾男生像演話劇般異口同聲說：「他已中了情花毒，而且中毒極深，只有妳才可以拯救他。」

那種抑揚頓挫，教她很受不了。

胖子又道：「我們在這裡請漂亮又善良的妳，跟他交往。給他，也給妳，一個機會。我相信妳絕對不會後悔。」

那人慢慢走過來，一整套的懷舊咖啡色西裝加上帽子，雖然顏色和剪裁沒有問題，但方圓覺得有種說不出的怪異。

「是哪個系上的？」

「理工科吧！」胖子也不太確定。

「就是只擅長和死物溝通，即使要跟對面坐的人聊天，也要打開手機那款。」

「妳太誇張了吧！請妳和他去大飯店吃個晚餐吧！也許見識了他的風度後，妳會接受他。」

「我沒興趣。」

方圓心想再和他們說下去就沒完沒了，只會陷入垃圾偶像劇的戲碼。沒想到他們三個人居然變陣，把方圓包圍。胖子壓低聲音道：「請不要讓我們難做。妳答應和他去吃飯，我們保證馬上退散。」

「接下來又不知是什麼條件？我沒時間和你們耗。我還有男友——」

「可是他不記得妳了。」

「關你屁事！」方圓正要老實不客氣出手打人時，倒是一個女聲從她背後衝出來說：「要和她吃飯的話，先要和本小姐拚三百回合的酒！」

小靜伸出長長的手臂，搭在胖子肩上。「你喜歡我嗎？」

胖子馬上臉紅，太陽穴也冒出汗珠。

方圓不知道他們清不清楚小靜的底細，也許以爲小靜只是裝作小太妹，但其實她眞的是。她每天的酒量、菸量和髒話量應該超過這幾個男生的總和。

小靜老實不客氣地把菸噴到胖子臉上，「我喜歡你呀！」

胖子露出哭笑不得的表情時，小靜又道：「我喜歡到想用刀在你臉上寫字。」

她伸手進褲袋時，胖子頭也不回和他的同伴跟客戶落荒而逃。

方圓和小靜相視而笑，兩人肩並肩走回學校。

「爲什麼現在這麼多人像發現新大陸般來追我？」

「以前巫眞常在妳身邊時，誰敢接近？」

「可是在巫眞之前，我也是單身的。」

「那時妳生人勿近嘛！」

「那現在怎麼又？」

「自從妳跟巫眞交往後，整個人變了，變得開朗，臉上的笑容也多了。以前男生只敢遠觀，現在開始敢走過來了。」

「有這樣的事嗎？」方圓問。

「戀愛可以改變一個人，有些變好，有些變壞。」

「變壞？」

「對，有人會變得勢利，希望可以用愛情換取別的。妳太純情，不懂這些。當然，我也不希望妳懂。妳走的是另一種路線。妳是仙子，現在從仙山上走落人間，變得有親和力了。」

「什麼時候妳的嘴巴變得這麼甜？」

24

「其實你們爲什麼還要在一起？」

方圓坐在學生餐廳裡，眼睛一直盯著桌上的奶茶，冷不防小靜有這一問。

雖是最要好的同學，但小靜的性格和興趣幾乎和自己相反，抽菸飲酒劈腿全是強項，她常笑自己是古墓派的傳人。

方圓反問：「爲什麼不？都已經好一段時間了。」

「妳不是本來就把他徹底忘記得一乾二淨嗎？」

「話是這樣說沒錯，但我是他女友呀！」

「搞清楚一點，女友這身分，是雙方還有對方的記憶才有效，如果沒有的話，他對妳來說，其實跟別人沒差。」

方圓抽出手機，背景是她和巫眞的合照。

小靜只看了一眼那照片。「妳記得拍下那些照片時妳的心情是怎樣的嗎？」

「那些照片裡的我就是當時的心情寫照。」

「可是妳忘了。現在妳要透過照片才能想起拍照時的心情，不，不是想起，而是幻想。我只怕妳給自己製造一個籠。把自己關進去，無法出來。」

「才不會啦！」方圓知道小靜是著緊自己，是為自己好，所以沒有動怒。

「其實在妳失憶後，才告訴自己喜歡他，原因是他喜歡妳。這並不是愛情，而是責任或者內疚。」

方圓想起剛剛失憶、重溫照片時，自己確是有這種想法。巫眞對自己很好，即使自己失憶，仍一如以往，噓寒問暖、百般關心，要是自己踢開他，實在很對不起他。

「愛情是不講條件的。」小靜像看透了自己，「妳有沒有讀過佛洛姆的《愛的藝術》？那是深入講解愛情的心理學著作，是經典耶！書裡說，你愛一個人，是不講預設條件，也不求回報，只有這樣，才是最徹底和純粹的愛情。」

「好像很有道理。那對偶像瘋狂的粉絲又怎樣？」

「他們要的是偶像的注意，不是不求回報。我覺得單戀才算得上。」

方圓不想和小靜辯論，這會沒完沒了。

「妳怎麼會看這種書？我是指妳看了還不是一樣喜歡玩弄男生。」

「那是興趣。如果不了解愛情，只會反過來被玩弄。」

「我始終不理解妳爲什麼要放這麼大精力在上面！」方圓攤手。

「不要扯到我身上。現在談的是妳。我還是勸妳，趁巫眞失憶，盡快跟他分手，這對你們兩個都好。剛才我說的情況是只有妳失憶，現在，加上他也失憶，妳更沒有留在他身邊的理由。妳對他來說已經是陌生人。就像妳說的，他根本不會主動找妳，而且在避開妳。妳再找他，只會給他負擔。」

方圓陷入沉默。

隔了一陣，小靜才繼續道：「只有妳放棄了他，我才可以把他全面接收過來。」

「開什麼玩笑呀？」方圓幾乎想罵髒話。

「開玩笑的。本來我對巫眞也有興趣，但現在的他，已經不是我認識的那個，相信妳的感受會更深吧！」

方圓點頭，「其實妳說的事情，我不是沒有想過。」

「那妳覺得怎樣？想通了？」

「我在想，萬一像羅密歐與朱麗葉那樣的話會怎辦？」

「什麼意思？」小靜皺起眉來，「好像很深奧。」

「其實很簡單，萬一我們分開後，記憶才逐一回來。就像我的記憶先回來，但看到失憶的他就裝作沒一回事，不再聯絡他。又過了幾個月後，他的記憶也回來了，但以為我的記憶還沒有回來，結果沒有聯絡我。最後，我們彼此的記憶都回來了，但由於不知道對方的狀況，也不好意思問，結果還是分手了。這豈不是天意弄人？」

「有這可能，但話說回來，這種玩失憶的故事好像韓劇的樣子。」

「我不知道，我又不看韓劇，但這樣一來，就是那句什麼『世界最遙遠的距離，不是天各一方，而是我站在你面前，你不知道我的記憶回來了』。」

小靜把身子往後靠，「對，愛情悲劇比天塌下來死人更賺人熱淚。」舉起雙手，做了個拉筋的動作，「給妳這樣一說，我已經沒有做作業的慾望了。」

「不做好了，反正下星期才是死線。妳可以休息一、兩天。」

「要不要去吃東西？」

「也好。」

方圓離開餐廳時，發現有一隻貓在跟蹤自己，小靜順著她的視線也發現了。

「巫眞的貓嗎？」

「不確定，他有些貓我仍然認不出來。」

那貓和她們保持距離，但亦步亦趨。

校園裡有些狗會向人討吃或者討摸頭，其中一隻向那貓走過去時，那貓冷不防發出喵一聲尖叫，把那狗嚇得夾起尾巴逃跑。很多人都笑出來。

「這德性應該是巫眞的貓沒錯。」方圓停下腳步，那貓走過來，坐在她旁邊，眼神很溫暖。

「牠們有事找妳嗎？」

方圓撫摸貓頭。

「不像。我只知道他忘了我，但他的貓沒有忘記我。」

25

小靜挾菜給方圓時，方圓忍不住問：「會有人以為我們太親密嗎？」

「就算是的話，我也不失禮吧！」

方圓和小靜相視而笑時，小靜突然拿起電話，一邊掩嘴一邊說，不管超低的音量或這個神祕舉動，都讓方圓很意外。她剛才根本沒發現小靜的手機在響或者震動。

這情況小靜一年大概會出現兩到三次，電話的另一端是男生，兩人就這樣吵起架來，不過小靜掛線後又會保持冷靜繼續吃飯，彷彿剛才和她通話的是好久不見的家人，一點也不臉紅耳熱。這種本事方圓自問永遠也學不會。

只是小靜這次掛線後的後續表現很不一樣。

小靜在手機上滑了一陣後，叫方圓檢查自己的手機。

「不要抬頭，也不要轉頭看。」小靜低聲叮囑她。

方圓不懂小靜神祕兮兮的理由，直到看到小靜發來的照片。

主角是個男生的側面，地點就在她們身處的學生餐廳裡，應該就坐在方圓後面。

「這是妳最近搞曖昧的對象？」方圓發問，用口說。

「或者妳的？」小靜低頭說話，不讓人家讀到她的唇語。

「開什麼玩笑？」

「這傢伙跟蹤了我們好幾天。」

「妳怎會發現？」

「老娘是何許人？我的心裡有雷達可以偵察到方圓一百公尺的帥哥。這就是我的異能。」

方圓覺得一百公尺這距離未免誇張，但小靜很注意男生倒是不假。

「他很聰明，每天都換不同衣服，」小靜又道：「但仍逃不出我的法眼。他甚至不是本校學生。」

方圓並不驚慌，「是不是剛才那些人的同謀？」

「不，他這傢伙不是台南人，甚至可能不是台灣人。」

「怎看得出來？」

「老娘的第六感。不是他的衣服，而是他穿衣服的方式，怎樣推眼鏡，怎樣綁鞋帶，我剛才假裝掉了錢包時看到。這些細節出賣了他。我一直想拍他的照片，但不想打草驚蛇讓他知道我知道他的存在，所以剛才叫剛好坐在他附近的朋友偷拍他。這照片已發到我朋友的群組，他們會再傳給其他人。很多人會跟蹤他，有消息的話馬上告訴妳。」

方圓表面繼續吃飯，但心裡已提高警覺。「這跟我和巫眞以前的方法很不一樣。」

「你們會怎做？」

「叫貓去跟蹤他。」

26

巫眞去到飯店門口時，剛才那隻貓已經不見蹤影。

他在飯店附近走了一陣，路上一隻貓也沒有。這很不尋常，就像走進森林裡沒聽到鳥語一樣。

就在他準備打道回飯店時，才發現一隻幾乎全白的貓匆匆在眼前走過，像在趕路。

巫眞向貓喊了一聲「喂，你好嗎？」，那貓才回過頭來，很是吃驚。

「你怎會講貓語？」貓向後退了兩步，保持距離和戒備狀態。

巫眞確認了全天下的貓講的都是同一套語言。

「我是天生會講貓語。」

「你是從很遠的地方來的嗎？」

「看得出來嗎？」

「你給我很不一樣的感覺，雖然我說不出是什麼。」白貓向他上下打量，「歡迎來到日本！」

巫眞覺得這貓不只有第六感，也和日本人一樣很有禮貌。

「我不太瞭解這城市，可以給我介紹嗎？」

貓沒剛才般緊張，但仍和他保持距離。

「你是要問哪裡可以找到東西吃嗎？」

「可以呀！」巫眞想吃拉麵和壽司，「有介紹嗎？」

「很多呀，在很多公園都能找到。」

「我不是要找貓的食物。」

「不好意思，我只懂貓的世界。這裡的人很好，魚也好吃。」

「這城市很危險嗎？」巫眞怕貓咪不懂自己的意思，仔細問：「有很多妖怪嗎？」

「京都的妖怪才到處都是，多到妖怪自己都受不了太擠了要搬到其他地方去。這邊的妖怪不多，治安好，沒發生過大規模的戰爭。」

「有什麼地方發生過戰爭？」

這次輪到巫眞驚問，他從沒聽說過台灣的妖怪打過仗，說不定是自己孤陋寡聞。

「日本妖怪經常打仗，有時是蔓延全國的戰爭，和人類的戰爭結合，影響全國政治。每次都死很多人、很多妖怪，非常可怕。」

巫眞覺得方圓在場的話，就會指應該用「死傷枕藉」這說法，然後抱怨貓講話不夠精簡。

「不過，有一個地方，我們貓晚上不會去，你這種人也不應該去。」

巫眞想起上次聽過貓講類似的話，是在安平樹屋附近蹓躂的貓。牠們說樹屋高牆後的世界生貓勿近。不管是大貓或者小貓，進去的都會死。

「是什麼地方？」巫眞問。

「怪樹公園。」白貓說，然後又皺眉道：「那是我們貓的說法，你不會懂。」

「那地方有什麼特別？」

「有棵很古老的樹，幾百年了。」

「有樹妖嗎？」巫眞不怕樹，安平樹屋的樹妖他也解決了。

「不是樹妖，沒有妖怪，是另一回事。我不知道怎說，總之很怪就是。」白貓詞窮了。

「抱歉我這樣說但還是無法告訴你到底是哪裡，你別到處亂走就好了。保重！」

貓向他鞠躬道別。巫眞懷疑日本人和日本貓可以互相投胎。

雖然貓說不出那個有怪樹地方的名字，但巫眞上堺市觀光網站查過，知道是哪裡。對他來說，這個「怪樹公園」是堺市最值得一去的地方，甚至值得爲這地方和方圓特地來堺市。

除了古墳群外，堺市公認最值得去的景點，當數妙國寺。

27

妙國寺裡面有棵大蘇鐵，發生過信長「夜哭鐵樹」的故事。

織田信長是日本戰國時代的大名，打了許多勝仗，幾乎可以稱霸天下，就在他快要完成霸業時，部下明智光秀叛變，在本能寺向他發動攻擊，最後信長在寺內放火自殺，史稱「本能寺之變」，日本歷史也因而改寫。

而日本流傳信長在死前數年，曾夢見鐵樹流血。

「夜哭鐵樹」像是一道預言，宣告信長死於非命。

巫眞很想一睹那棵老蘇鐵的廬山眞面目，看看自己會不會步信長後塵，「夜哭鐵樹」？

那隻白貓叫他不要去，但愈叫他禁足的地方，他愈有興趣。

他本來打算完成工作後才去妙國寺參觀，算來若明天先去見客人評估狀況，後天完成工作，大後天就回復自由，可以花一天在堺市，然後去大阪特別是心齋橋那邊看。

就像方圓說的，難得出國，一定要好好參觀，不然下次不知要等到什麼時候。

他上妙國寺的網站查，怕會遇到公休日，沒想到上面說有「夜遊妙國寺」的活動。

而且，只限今晚。閉寺時間是九點。

換句話說，只剩下一個小時。

白天當然可以去，但晚上應該另有一番風情吧！

既然難得有這夜遊的安排，當然要去看看。

28

網路地圖說，妙國寺離他的飯店相距大約一點六公里，只要走二十分鐘，中間要過河，但應該有橋。他想不到怎樣坐車過去，但這點步行距離難不倒他。

跟電視上繁華的日本大都市不一樣，堺市晚上的人不多，像台南，給他熟悉感和好感。

他按地圖穿過幾個路口後，終於無驚無險順利抵達妙國寺。

只是，已經過了八點三十分。

寺外兩個「門神」——或者日本天神？——像在恥笑自己。

寺內參觀的人好像不多，或者天黑他看不清楚？

走進小小的玄關，裡面有張小小的沙發，僅夠坐三個人，旁邊有個櫃台，後面的牆上貼上各種觀光情報。

只是，當下根本沒人。

就在巫眞打算轉身離開時，才有個歐巴桑走出來，向他講了好幾句他一句也聽不懂的日語。

巫眞猜大概就是「我們快要關門」的意思，不過，基於禮貌，他還是取出旅遊書，打開摺起的一頁，依照劃線的一句的拼音來讀，「對不起，我來自台灣，不會說日語。」然後又補上一句「阿里加多」！

歐巴桑做出理解的表情，說了幾句話後，攤開手，指向櫃台上那個「參拜費」的通告。

巫眞理解，點了頭道謝後，拿出參拜費，放在櫃台的小膠盤上，換來一張用老蘇鐵作背景的入場券。

他依照牆上日文告示板裡的漢語，脫下鞋子、換上拖腳後，隨歐巴桑踏上階梯，左轉入走廊。

本來以爲要拐九曲十三彎到盡頭才能見到那棵名留青史的鐵樹，沒想到踏上走廊沒幾步就看到。

眞是一棵好大的蘇鐵，樹冠下至少可以站上二、三十人，但並不高，大概就是兩層到三層樓高。

在夜幕壓逼和地燈投射上下夾擊的畫面裡，這蘇鐵雖然沒有安平樹屋那些老榕樹般張牙舞爪，但並不表示它看來比較溫馴，只是較爲低調，較懂得掩飾。

彷彿你一走近，這蘇鐵會突然把好幾排樹枝壓下來，把你抓走，再一口吃掉。它仍然給巫眞「生人勿近」的感覺。

「夜哭鐵樹」顯然只是個傳說，可是信長後來確是死於非命，眞相至今仍是歷史懸案。

幾百年後，巫眞即使站在這棵老蘇鐵前，跟它面對面，仍然參透不到眞相。

可惜的是，他無法從走廊踏進庭園裡，也被禁止對老蘇鐵拍照。

沿走廊向左轉，看到一整個漂亮的枯山水庭，裡面的沙和石頭象徵海和島，是日本人的獨特美學。巫眞覺得家裡如果有地方的話，也想做個來自我陶醉。

歐巴桑指著手上的漢語簡介單張講了幾句日語，又指這裡可以拍照，他終於可以取出手機按下快門。

就在巫眞以爲參觀完畢時，歐巴桑又示意他跟在自己後面，走到一道很厚重的鐵門前面。

這道鐵門有兩個鎖頭，一上一下，非常嚴密，滴水不漏，彷彿門後藏了神祕寶藏。

巫眞不知道裡面是什麼，直到歐巴桑打開大門亮了燈，他跨過門檻探頭進去，才知道是寶物室。

裡頭有一張長桌，玻璃底下是信長和家康的親筆信，也有一些出自相對知名度不高的歷史人物，涵蓋從戰國到幕末的歷史。幸好巫眞對日本歷史有點基本認識，所以對這些寶物並不感陌生，反而有種走入歷史的慨嘆。

即使你們生前是死對頭，如今你們的物件都是親密地也默默地放置在一起。

而除了少數很厲害的歷史人物，大部分人即使生前風光，死後也會被人逐漸遺忘。

最教他感到震撼的，是一個小茶几，上面有些斑駁的污漬。

從說明的文字來看，這跟「堺事件」有關。

歐巴桑講了一陣，雖然巫眞聽不懂，但猜到是那些武士切腹後，負責介錯的人把他們的頭顱割下來，放在這些小茶几上。

那些污漬，其實，是歷經百多年、已經變了色的血漬。

歐巴桑指著這血，引他到外面的一組碑前，原來是紀念堺事件死去的土佐藩士供養塔。

巫眞心中一凜。

妙國寺果然是來堺市不可錯過的重要地方。

29

離開了妙國寺幾分鐘後，巫眞見到一隻貓。老貓。

巫眞不想和牠打招呼，否則又要介紹自己的來歷，對方又會嚇一跳。人在異鄉，還是保持低調較好。

不料那貓反而走過來，主動問：「你就是那個從外地來的人嗎？」

巫眞驚問：「你怎知道？」

想到自己好像被整個堺市的貓認住了樣子，巫眞很不自在。

「大家都在說。我們都猜你會過來。」

貓的性格很難一概而論，有些貓是獨行俠，有些則是爲了適應群居生活而交換八卦，畢竟同是貓科動物，獅子在大草原上群居，老虎在山林裡獨來獨往，這種差異其實是環境逼出來的。山林裡的獵物，即使像野豬那麼大隻都是獨來獨往，一隻老虎就能搞定，草原上的水牛和鹿卻是群居，競爭對手如野狗，是以戰鬥群的組織出沒，獅子如果不群策群力，根本無法捕獵成功，貓科動物適應力之強可見一斑。

「你有事找我嗎？」巫眞問。

「有。你這種體質的人，要盡快離開這城市。」

「爲什麼？」巫眞從來沒想到去到一個城市，會被當地居民——誰說貓不算？——發出勸喻，先是不要去寺院，繼而離開這城市。不知掌管觀光局的官員知道後會有何感想？

「明天是月圓之夜。」

「那又怎樣？」巫眞想開玩笑問「會出現狼人嗎？」，但貓根本不懂這玩笑。

「明天天氣會很差，說不定會打雷。」

「我躲在飯店裡不出來就可以。」巫眞說完才想到貓不理解「飯店」的意思。

「你的體質不適合這裡的氣場。」

「這裡有很多天皇陵墓，全是至正之氣，不是很安全嗎？」

一個地方的氣場有三大主要來源，一是自然環境，如山脈、河川、大海、沙丘；二是動植物，但以老樹的能量最爲驚人；三是和宗教體系有關。

台灣的主流宗教如佛教和道教主要涵蓋第三項，而日本固然同樣有佛教系統，但有一個更複雜的宗教：神道教。

神道教的「神道」兩字最初出自公元七世紀的《日本書紀》。這書和同期的《古事記》記載了日本神話，也樹立了當時統治者的政權合法性。人是天皇的子民，而天皇是神，也是萬世一系。

神道教崇拜的對象除了神和天皇，也包括大自然和其他動植物，是個泛靈宗教，日本神話有「八百萬神」的說法，完美地把三大氣場統合起來，並曾經和佛教結合，成爲「神佛習合」。

即使神道教底下有無數流派，即使二戰結束後天皇宣稱自己是人不是神，但日本仍然籠罩在神道教和佛教的氣場裡。巫眞是覺得日本安全才敢過來。

那貓沒答話，發出咪一聲後轉身離開，很快隱沒在夜色裡。

巫眞這時才想到貓根本不知道天皇陵墓是什麼，但這樣離開很不禮貌。

街上空無一人。唯一吸引巫眞目光的，是一部在夜裡仍發出亮光的自動販賣機。

30

方圓已經習慣了那隻尾隨她從宿舍到大學再陪她走路到巫眞家的貓。牠見到巷口的黑白無常就三隻貓交頭接耳，看來熟絡得很，果然是巫眞的貓呀！

巫眞剛好從巷子走出來，不像以前般會和門口的黑白無常打招呼，也沒有親切地跟水果店的老闆娘聊幾句話，而是很敷衍地點頭後，就進去附近一間早餐店。

方圓老實不客氣跟進去，坐在他對面。

「你怎會來這間？以前你常罵他們的早餐比大便還難吃。」方圓壓低聲音道。

他以前說過，光顧早餐店不只是吃早餐，還是身體力行給早餐店支持，特別自從他的知名度愈來愈高後，他去早餐店都會很樂意讓老闆拍照貼在門口，就當是宣傳。

除了這一間。

「我忘了。」巫眞聳肩，迴避方圓的目光。

「我發現我被人跟蹤。」

「應該沒有人跟蹤我吧！不過，就算有，我也沒有留意。」

「你出入要小心。」

「我有仇家嗎？」

「你這職業有不少。」

巫眞眼眉向上一挑，態度跟以前實在相差太遠。

換了是以前，他會反跟蹤，絕不像現在般只是一副置身事外的態度。

巫眞沒再多話，沒有要方圓留下來的意思，冷漠的表情和其他身體語言加起來就是下逐客令。

直到這時，方圓才覺得如果這個陌生的巫眞襲擊自己，是一點也不奇怪，因爲他對自己沒有愛。

至於他襲擊自己的理由，她至今還沒有想出來，也許是嫌自己煩，或者意見不合，又或者兩個可能都有。

可是，她覺得他毫無危機意識這點不只不會傷害她，也無法保護自己，這才讓她最擔心。

話說回來，就是因爲金婆婆的話，巫眞才會爲了遠離她，結果隻身離開台南去日本，發生現在的事。

到底金婆婆的話是因還是果，她無法去問金婆婆。她有很多話想問牠，反過來牠也許有很多話想告訴自己，但一人一貓已經無法溝通。

31

金婆婆和一隻雜毛貓正聚精會神注視眼前的那小灘積水，看著水珠從屋簷一滴滴滴下。

水珠掉到水上時，激起一圈圈的漣漪向外擴散。

那隻雜毛貓本來帶著淚痕，但淚水很快就被眼珠周邊的毛髮吸掉，不過內心的憂慮並沒有消失。

「聽到什麼嗎？」

金婆婆仔細聆聽水滴聲，沉思了一陣才道：「牠應該在日出的方向，迷了路。」

「那我去找牠。」

「不太容易找到。不過，就算找不到，也不代表是壞事。」金婆婆思索怎樣把話說得婉轉，「牠的一生註定是個獨行俠。」

雜毛貓媽媽用手揉眼睛，開始明白金婆婆的意思，懷著悲傷離開。

金婆婆沒有回頭。那個身影會讓牠同樣感受到悲傷。

金婆婆從剛才的占卜知道，雜毛貓媽媽那個失蹤的兒子早已死於非命。大部分小野貓都無法成長爲大貓，有些貓媽媽能接受，有些則否，因此金婆婆除了替牠們占卜，也要疏導牠們的情緒。

貓媽媽對子女的關懷，和人類母親應該沒有兩樣，她相信，狗媽媽和老鼠媽媽也一樣。

可是貓和人不一樣。人是事前就想預知結果，但貓是事發後才想知道到底發生了什麼事。大概就是這個差別，決定了人和貓在思考上的差異。

金婆婆從來沒告訴過其他貓，其實牠每次占卜完都會很餓，須要好好大吃一餐。這祕密只有巫眞知道，所以他每次來探望牠都會留下大量食物，但牠有時又會忍不住把食物和其他餓肚皮的同類分享。你總不能自己吃大餐而坐視同類捱餓，巫眞說，動物和有些人一樣有惻隱之心，是的，不是所有人。

金婆婆吃完飯，要找個角落睡上大半天時，兩隻一黑一白陌生的貓向牠走過來。

「金婆婆？」

「你們找我什麼事？」

「談我們的主人。」黑色那隻說：「巫眞。」

金婆婆聽到牠想也沒想過的事：巫眞居然認不出他的貓，也失去說貓語的能力。

「妳沒預測到這一點嗎？」

「我的預測是被動的，能夠知道多少，並不由我控制。我看不到他失憶，只知道巫眞會打方圓。」

兩隻貓面面相覷，想笑卻又笑不出來，表情古怪得很。

白色那隻道：「雖然我們聽不懂人語，但從我們和他們兩人一直以來的互動，覺得反過來的機會比較大。」

「那天他們兩人也是這樣說。」金婆婆道：「不過，就像你們說的，巫眞已經出了狀況。他打方圓已經不是不可能，而是什麼時候。」

「到底他發生什麼事？」黑貓問。

「我不知道。」金婆婆無奈道。

「萬一兩人眞的打起來怎辦？」白貓問黑貓。

「我們不能讓巫眞打方圓。」

「可是巫眞才是我們的主人，他打方圓一定有他的理由。」

「巫眞已變成另一個人，我們不能愚忠。」

金婆婆受不了兩隻貓爭論不已，在牠眼中，事情其實很簡單，於是插嘴道：「我有個提議給你們：找兩隊貓，一隊跟蹤巫眞，另一隊保護方圓。」

「我們已經在做了。」

黑白貓同時回答，出乎金婆婆意料之外。巫眞的貓比外面的貓聰明得多。

白貓問：「可否也替我們占一占？」

金婆婆本來只是每日一占，但看在牠們是巫眞的貓份上，只好破例。

金婆婆聆聽了一陣水滴聲，心情變得異常沉重。

「你們……吉凶參半。」

兩隻貓無畏無懼，其中一隻問：「是只有一半機會嗎？」

「不是這樣。」

「那我是吉，還是牠是吉？」

「不，這個『吉凶參半』的意思就是說，如果你們放棄，就能活命。堅持的話，必死無疑。」

「我不會放棄。我的命是巫眞撿回來的。」

「我也不會。不過，我的理解是，保護方圓才是巫眞眞正的想法，如果我們坐任巫眞傷害方圓，才是傷害巫眞，到最後他和我們都會後悔莫及。」

「對，即使我們是巫眞的貓，但並不盲目服從，而是要保護方圓不被巫眞傷害。」

32

巫眞帶著困惑沿原路從妙國寺返回飯店，途中一直看見「堺」駅的指示牌。

他的體質給過他不少麻煩，但到底在這城市會遇上什麼，是不是又會惹上鬼怪？他很好奇。

如果一走了之，就碰不上了。

說不定那貓暗示的問題根源，就是指明天他見的客人，但他就是爲了替對方解決問題而來的呀！要是貿然回台灣，不單不負責任，和方圓拉近距離反而有潛在風險。

大廳的員工見他回來，紛紛向他點頭致意，甚至用英文說晚安。這種賓至如歸的感覺非常好，要是可以在這裡拖兩個月，他非常樂意。

電子鑰卡刷了房門的感應器後，綠燈亮起來，同時發出低沉的一聲。

推開房門後，巫眞看見的不是先前的房間，而是另一道一模一樣的門。

門上仍然有房間的號碼。

可是他記得明明只有一道門！這第二道門是甚麼時候加上去的？

他手上的鑰卡應該可以讓這道門應聲而開，但他覺得當下的情況很詭異、很不尋常，他不應該回去自己的房間，裡面很有可能有危險。

至於他的行李……保命至上！

就在他準備轉身時，發現剛才他開過的那道房門已經關上，而且，沒有鑰卡感應器。

顯然他已經無法從原路回去，只能打開第二道門繼續往前走。

他被困在一個奇特的空間裡。

他把鑰卡刷到感應器上，綠燈亮起來，同時發出低沉的一聲。

推開房門後，巫眞看見的仍然不是早前的房間，而是另一道一模一樣的門。

這門上也有房間的號碼。

情況就跟剛才一樣。

他看到第三道房門，而且他身後的是一道沒有感應器的房門。

他唯一能做的，就是打開第三道門，一直往前走。

他打開一道道門。

數之不盡。

他不知道怎會來到目前這個困局，但肯定這個不是日本人流行的惡作劇節目。

這個不斷開門關門的空間，總和已經超出了房間的大小。

這也許是幻術，但一切的感覺都很眞實。

他仍然忙於打開一道道門。

就在快要筋疲力盡時，門後終於不再是另一道門。

是一個人，站在他面前。

那人頂著他的臉，打扮也一模一樣。

巫眞本來以爲那是一面鏡子，但他自己擠眉弄眼，對方——又或者說，另一個自己——的臉上仍然木無表情。

巫眞在盤算當下的狀況是怎麼一回事時，對方右手突然舉起……

巫眞還沒來得及看清楚，就感到胸口一陣劇痛。

他低頭一看，只見一把刀插進胸口裡，剩下刀柄在體外。

他後悔沒帶天命劍出來，否則剛才最起碼可以還擊。

那份痛楚很快從胸口蔓延開來，而且痛得無以復加。

33

小靜踏進方圓的家時，就和一頭黑貓互相對視。那貓瞇起眼的容貌一點也不像寵物，小靜不期然想起國家地理頻道裡的黑豹。

小靜暗自嚇了一跳，發現室內還有另外三隻貓，總共四隻僞裝成家貓的凶猛貓科類動物。牠們同時盯著自己，要是牠們同時撲來，別說狗，連人也要逃跑。

「這些貓是怎麼一回事？」

方圓不以爲然，在書桌前做功課。「牠們是巫真的貓。」

「我意思是，妳爲什麼帶牠們過來？」

「不，是牠們自己過來的。」

「牠們自己組成的保護軍嗎？」

「應該是。這隻叫拿破崙，那隻叫隆美爾。」

「怎麼名字都怪怪的？」

「牠們是戰鬥力最強的貓。巫真說，隨便一隻都可以令野狗重傷。」

小靜再看那些貓時，牠們不單沒再理睬她，而且蜷起來，把小小的頭腦塞進同樣小小的臂彎甚至身體裡，變回人畜無害的可愛喵星人，彷彿剛才的惡形惡相是萬聖節裝扮，貪睡和好吃懶做才是眞本性。

方圓發現了小靜的疑惑，「妳獲得牠們認爲妳沒有威脅的專家認證。」

「看輕我嗎？」

方圓的手離開鍵盤，把椅子轉向小靜，「難道妳想和牠們大打一場？妳一個，牠們四個。」

小靜苦笑。這些根本不是小動物，絕對惹不得。

「天呀！牠們比狗還要忠心。我對貓的認識要重新評估。」

方圓抬起頭來，「牠們來保護我並不是好事，表示連牠們也知道我會有危險。」

34

拿破崙坐在最高的衣櫃上，佔據制高點俯視一切。

這房間裡所有人的一舉一動，盡收眼底。

就在方圓和小靜談話時，牠對其他貓說：「這女生是方圓的朋友，大家可以放下戒心。」

「我見過她和方圓在一起好幾次。」隆美爾是隻很年輕的雜色貓，是拿破崙戰鬥群的新成員，目前的戰鬥經驗只限於裝腔作勢去嚇流浪狗，期待早日真正上戰場，和前輩並肩作戰。「要不要把她也放進我們的保護網裡？」

「不，那會分散我們的力量，金婆婆沒說巫眞會襲擊她。」拿破崙答。

「金婆婆沒說，不代表沒有。如果金婆婆不認識她的話，這個女生可能在金婆婆的占卜範圍以外。」

「有道理。方圓需要最強的保護，但這個女生對我們來說同樣重要。」

「不如我們另外派貓跟蹤她，掌握她的行蹤。萬一方圓有危險，我們可以通知她。這女生信得過。」

其他貓也同意，「這是風險最低的策略，希望我們永遠不須要聯絡她。」

35

就在巫眞以爲自己會客死異鄉時，他睜開眼睛。

原來，這不過是個逼眞無比的夢境。

在這個陌生的房間，他不知道鬧鐘在哪裡，也忘了床頭燈的開關在哪。

他只知道自己竟然哭出淚來。

淚水多到可以讓他洗臉。

他從來沒有做過臨場感如此高、如此逼眞的夢，彷彿他從妙國寺回來飯店後就是直接被殺。

至於中間從進房間到倒在床上的記憶，不可能根本沒有，但他毫無印象。

又或者，他根本沒有去過妙國寺，整個過程只是他一廂情願的幻想？

他想跟方圓通視訊，可是已經凌晨三點了。

他爬起身來，去廁所小個便洗把臉擦掉淚痕後，去翻自己的衣袋。

幸好，他找到妙國寺的入場券。

要不是還留著這個作證，他會以爲去妙國寺看蘇鐵、看枯山水庭、看寶物的整個過程，只是夢境一場。

他再次躺下來時，眼角又不自覺地滲出一滴淚來。

他雖然沒死，但這一晚的經歷像跑馬燈般在他腦海再走一遍，用反轉過來的次序。

那一刀、無止境的門、回到飯店、路上的貓、妙國寺的寶物室、枯山水庭……最後定格在那棵蘇鐵上，揮之不去。

巫眞想起信長夜哭鐵樹的傳說，自己好像步上信長後塵。

到底這是自己的心理作用，或者蘇鐵其實成精？以一棵好幾百年的樹來說一點也不奇怪，就像安平樹屋的樹妖，老蘇鐵是不是也有話要跟自己說？

即使他懂得貓語，但不代表他懂得樹語（如果有的話），也許老蘇鐵只能用這種方式把話告訴他。

信長最後被明智光秀背叛死在本能寺，自己這次的任務是不是其實也有性命威脅？

性命受威脅已經不是第一次了。

36

一個忍者要學的第一件事，就是隱藏自己的身分，第二件事，就是要知道自己行跡敗露。

那天他離開大學餐廳時，就發現至少五個人尾隨自己，有些裝作情侶，有些裝作散步，但目光一直停留在自己身上。

他不清楚是怎樣被發現的，不過，這年頭的人能利用網路做很多以前無法做到的事。前輩的許多方法如今要推陳出新才能適應新時代。

他愈走，愈覺得跟在後面的人愈來愈多。方圓和她朋友似乎發動一整間大學的人來跟蹤自己。他無法再回去住處，只能步行去另一個方向。幸好台南多得是小巷。他轉進其中一條後狂奔，再用輕功翻到高牆上，平躺在一個只有一層樓的民宅天台上，和一大堆不知什麼的垃圾和灰塵爲伍，幸好附近沒有其他建築物有二樓。

他聽到巷裡傳來很多腳步聲，那些男男女女說他一定在附近，不會找不到。

那些人離開後，他沒有馬上下來，果然沒多久又有其他人經過，是找他的人。

陽光很猛烈，他只好閉上眼睛。

一直到天黑了，他才變裝離開。

他們沒發現他的住處。房東只是個有老花眼的寶可夢大師，幾乎無視他的存在，否則要搬走就更麻煩。

第二天，他去咖啡店留意在地人的口音，好讓自己的中文聽來沒那麼日本腔，再徹底改頭換面後才前往那女生的住處和學校。那兩個地方都是高危，他無法再接近她，要保持距離。要留意的不只是她身邊的人，而是現場所有人。

37

巫眞第二天起床仍然一身冷汗，張開眼睛時，才發現自己原來並不是在家裡。

他很清楚也記得自己來到堺市，但心裡有個聲音叫自己盡快離開。

「不，讓我做完工作才走，馬上走。」他對自己說。

他在這個城市沒有親人、沒有朋友，只是一個過客。

飯店的房間比自己家要大得多，一塵不染，但所有東西包括漂亮的傢俬都不屬於自己。房間再舒適，但始終不是自己的家。

這裡也沒有貓和方圓作伴，牠們和她都在千里之外的台南。

他才不會傷害方圓，爲什麼怕回去？怎可能？

除非回去時，發現她和別的男生在一起鬼混？

不可能！

方圓對自己痴心一片，不會移情別戀。她根本不會理別的男人的搭訕。

如果問題不是在她身上，難道在自己身上？這更加不可能？他自問根本看不上別的女生！

他凝視山長水遠千辛萬苦從台南帶過來的天命劍，沒想到這把把安平樹妖殺到片甲不留的寶劍，在這裡完全派不上用場。

如果每件事都有一個道理，他現在學到的就是：對A有效的解藥，不等於對B有效。人要靈活變通，天下沒有萬應萬靈的藥方。

不管怎樣，他只是來工作，領了錢就走人。

他拉開窗簾，窗外天色漆黑如夜，一點也不像早上七點。照理說在夏天，緯度較高的大阪應該非常亮。

但這天不是。

而且雨水像洗窗般非常用力清洗玻璃窗。

38

飯店的自助早餐很豐富，日式、西式，甚至連廣式點心都有，巫眞什麼都吃一些。以他的心情來說，這一餐說不上是享受，但他的工作非常消耗體力。

他剛回到房間，周育麟就來接他，身上帶著菸味。

「你怎麼了？睡不好嗎？」

「還可以。」

「有個特大颱風會吹襲關西，如果明天你不離開，後天就走不了，萬一關西空港淹水，你就要再等到不知什麼時候才能回台灣。」

巫眞本來想到處玩，但如今已經不想在這裡多待一天。

周育麟看手錶，沒等他回答就繼續說：「我們出發吧！日本這裡很重視時間觀念。」

39

周育麟開車不到五分鐘，巫眞就感受到環境的氣場變化，原本凜然正氣的氣場被混雜了很多無以名之的混濁氣。

「就是這裡了。」周育麟的車停下來。

這裡明明是間佛寺，但氣場一點也不像。

「我以爲我們是去見客人。」巫眞驚道。

「客人在裡面。如果不用寺院的氣場壓著他就不得了。」

周育麟爲巫眞打傘，巫眞下車才看到寺院的名稱：中仙寺。

這名字他毫無概念，但既然是佛寺，就不會出問題。

雨水大把大把落下，像機關槍般不斷射擊車頂。

本來黑如夜晚的天幕，一道閃光卻在瞬間讓世界變成白晝。

周育麟示意巫眞盡快進寺。

巫眞沒有餘裕留意四周的環境，只好跟在周育麟身後。雷聲震耳欲襲，讓他覺得彷如置身戰場。

寺院裡的氣場很陰冷，巫眞本來以爲氣場屬於他的客戶，但很快確定了這是寺院本身的環境氣場，大到可以輕易把巫眞的氣場壓下去。

巫眞體內的氣根本無法好好聚集起來，如果要反抗，等於在海嘯來臨時逆流向前衝，是不可能的任務。

雖然還沒見到客人，但他已經很清楚，今天的任務，他根本無法勝任。

反過來，周育麟難得並不多話，但氣場變得非常旺盛。

「你沒碰過這麼強大的敵手吧！」

巫眞想起昨天在妙國寺外叫他盡快離開的貓。

牠沒說得仔細，但並沒有騙他。

可惜這些全是雷聲再次入侵他耳道時才想到。

幸好，在電光石火間，想到自己不管出了什麼意外，也無法再傷害方圓時，他又感到釋懷。

遺憾的是，他沒時間給她留下最後幾個字。

40

雖然有四隻貓保護自己，但方圓根本睡不著，愈想愈不妙。

雖然金婆婆說巫眞會攻擊她的預言尚未成眞，但她和巫眞之間的關係確實已經崩潰，巫眞襲擊她並不是不可能的事，只在於引爆點是什麼。

貓一定知道一些她不知道的事，可惜她不懂貓語，除了餵食，只能做剷屎官。貓與自己不再是心意互通，而是變成喵星人。

目前發生的一切已經超出她可以解決的範圍，該死的是天命劍和字鬼都不聽她的話。

她要找同樣有異能的人幫忙，但信得過的只有鑄出天命劍的陳劍師父。她不禁慨嘆自己認識的朋友太少，和書到用時方恨少的道理一樣。

41

陳劍一個月前開始專注鑄造一把新劍。

客人左總是台北的企業家，雖腰纏萬貫，但仍親自前來，希望陳劍鑄造一把劍讓他放在公司裡增進財源，令事業更上一層樓。

「左先生，我幾十年來鑄的劍，只能用來收藏，也能擋煞，但並不具備招財的能力。如果你要造一把招財寶劍，恐怕要另請高明。」陳劍直截了當拒絕。「不過，我怕你會被騙。」

江湖上的人都說陳劍的師承可上溯自春秋的歐冶子，這一脈歷經無數朝代的更迭仍然傳承下來，靠的就是「固執」兩字。只「固執」於做最好的劍，性格也「固執」如劍。

有些客人會說：「你要多少錢都可以！」潛台詞是「我最不缺的就是錢！」這些客人陳劍都會趕走。

左總不介意陳劍拒絕，反而道：「那請你給我鑄一把頂好的劍，讓我傳給子孫。」

左總的西裝很修身，但並不是舶來品，而是出自台北一位老師傅。那家店由日治時期屹立至今，傳了四代。幾十年前，陳劍的師傅向西裝老師傅訂製西裝，那位老師傅不收分文，陳劍師傅以劍相贈。那件西裝傳了下來，仍放在衣櫃裡。陳劍認得那個剪裁，特別是西裝外套領的三角比例，是他們那家店的招牌設計。

那家店雖然做得出頂級的西裝，但如今光顧的人並不多，很多人認爲穿義大利西裝更有身分象徵和地位，對台灣製造，帶點說不出口的蔑視。

左總穿上這件，讓陳劍另眼相看。

「造一把傳家之劍，需要很長的時間。」

「多久？」

「十年。」

「我等。」左總答得很爽快，原來剛才是測試陳劍。

陳劍也是測試對方。幾乎所有客人聽到這麼長的時間都打退堂鼓。

既然左總付出十足的誠意，陳劍也同意替他鑄劍。

鑄劍從來不是容易的事，加上年紀大了，陳劍即使有弟子幫忙，也要歇幾天。

陳劍雖然佩服歷代相傳的祖師爺，但他聽師傅說，他們能傳承這麼久，在於有很多代鑄劍師認爲，客人付了錢就不要追問理由。只要戰爭機器開動，他們鑄劍師就會獲重用。在冷兵器時代，他們不愁衣食，就算新的統治者接手政權，同樣需要軍隊。皇帝會殺大將，會換掉元帥，但鑄造兵器的鑄劍師地位始終不變。

然而，不管幫助外敵屠殺本國人，或者幫本國軍隊屠宰外族，鑄劍師面對邪惡時是否能置身事外？這對得起自己良心嗎？這算是正義嗎？

也許在古代，鑄劍師根本沒有選擇權。若你不幫忙，一家都得跟著陪葬。和平時代的人無法理解戰亂時的生存法則，就像在健身房運動的人無法理解登山者攀上世界第一高峰珠穆朗瑪峰之巔時，見到其他登山者缺氧，只能任由他們死去的艱難抉擇。

幸好在現代，兵器是手槍、戰機、航空母艦、核彈等，鑄劍師的生活終於回歸平靜，讓鑄劍回歸純粹的工藝，專注鑄劍，不涉政治，也不必理江湖事。他的劍不用沾上血。

陳劍覺得自己是歷來最幸運的鑄劍師，當前的和平日子應該讓歐治子、干將、莫邪等先輩羨慕不已。

他只須要專注鑄劍。

42

這天方圓獨自上門時，他直覺她和以前不一樣了，皮膚變差，臉上無光采，連髮色也失去光澤。

自從送出天命劍給巫眞和方圓後，他就沒再和他們來往。

她向他道出近來在巫眞身上發生的事跟一切前因。

「失憶」的說法不是打比喻，巫眞眞的出了毛病。

陳劍行走江湖數十年，從來沒聽過此等怪事。

「可以請你仗義出手幫忙嗎？」方圓眼角隱約可見淚光。

這已不是她第一次提出這種請求。

陳劍一直想，遇上不公義的事，是否該出手？

只要破了一次例，以後就沒法推卻，也就沒完沒了，無法再專注在鑄劍上。

陳劍沉默許久，深思熟慮好才開口道：「我只會鑄劍，幫不上忙。不過，我可以介紹一個人給妳認識。」

他叫她去台南一處墓地找守墓的人。

「他姓『守』名『墓人』。」

「他只是和你一樣不想公開本名吧？」

陳劍本名也不傳，那「劍」字只是從師傅傳下來的名字，日後也要傳給他的弟子。

「當然。台南有一半墓園都是由他們家族看守。」

「因爲他們家懂得鎮鬼嗎？」

「妳去問他吧！」陳劍沒再多話。妳這小姑娘快找能幫妳的人。

他想提醒她不要晚上過去，但她應該有這常識！

43

巫眞從來沒想過自己會掉落洞裡，也從來沒想過府城地底有這麼深的洞。

想不到即使自己對台南的認識已經比常人豐富得多，台南仍然有那麼多自己不知道的地方。

地面的洞口離他很遠，從地底看上去洞口只是一個白點。他不確定自己有沒有力氣爬上去，最擔心的是爬到一半就掉下來，但他仍然不得不爬上去。誰要一輩子留在這鬼地方？

洞底的面積很小，他張開雙手就能摸到洞的兩邊。

他張開手和腳，學蜘蛛般用力把自己撐上去，一路撐，一路覺得自己逐漸變成蜘蛛，由兩手兩腳變成八隻腳。對，蜘蛛不是昆蟲，是八隻腳而不是六隻。

他想起卡夫卡的《變形記》，主角一覺醒來，驚覺自己變成一隻大蟲。那人本來是銷售員，變蟲後仍念念不忘上班，實在是莫大諷刺。

那只是小說情節，可是他又怎會變成蜘蛛？

更讓他莫名其妙的是，雖然他一直爬上去，不管洞壁是平滑或粗糙，他的腳一點感受也沒有，也一點都不髒。

這戲碼太超現實了。

巫眞發現，這是一個逼眞無比的夢境。除了夢境，沒有別的可能。

雖然這是夢境，可是他無法醒過來。

他試圖掙開眼，可是仍然身在夢中。

他一直向上爬，可是不管爬了多遠、爬了多久，洞口仍然遙不可及。

44

墓園沒看來那麼平靜。

縱使白天陽光普照，但墓園辦公小屋一帶有數十棵大樹籠罩，確保小屋完全不會被陽光照射。

方圓發現墓園有不少貓，大大小小都有，其中一隻小貓隨母貓和其他兄弟走時脫隊，幾乎走進樹蔭時，被母貓叼回來，然後全隊加速離開。

辦公小屋雖然有窗，但反光讓她無法一眼看穿。要是裡面有大量妖魔鬼怪等著她送上門，她也不會知道。

方圓實在不想來這種名符其實的鬼地方，但爲了巫眞，只好硬著頭皮進去。

她以爲辦公室裡面會有個大佛壇，但沒有。她以爲裡面會有很多雜物，但不是。她以爲守墓人面目猙獰，也不是。

守墓人穿米白色短袖衫和褲子，坐在桌前讀報，安靜得很。和陳劍同樣，表情不多，但陳劍的冷靜帶著專注和嚴肅，而守墓人的冷靜則伴隨陰森，生人勿近。

方圓掃視守墓人的桌面，上面放了一疊疊雜誌，除了八卦雜誌，還有科技雜誌、投資雜誌，甚至文學雜誌，包括香港的《字花》。他眞的懂得看，或者擺來唬人？

雖然沒開冷氣，但方圓覺得室內氣溫簡直有點寒冷，快要起雞皮疙瘩。

「妳剛才有看見外面那一伙貓嗎？」守墓人搶先開口。

「有呀！」

「牠們其實沒有血緣關係，但看起來很像吧！」

「爲什麼跟我說這些？」方圓嘀咕，但轉念又想，他是暗示自己他知道自己來找他的原因是什麼。

守墓人抬頭，正視方圓。

她在他瞳仁裡發現不一樣的風景，那雙眼睛彷彿能悟透宇宙，看穿生死。

守墓人沒站起來，問方圓：「他去堺市，好大的膽子，你們知道那裡到底是什麼地方嗎？」

——巫眞的事沒上過新聞，看來台南有一個她和巫眞不瞭解的消息傳播管道。

「百舌鳥古墳群，埋葬了很多天皇。」他又道。「你們知道天皇怎來的嗎？」

「就是天照大神的後裔——」

「天皇是神的說法其實是當時統治者編造出來，天皇也是人。」

「關公不也是一樣嗎？」

「關公是獲天子冊封，所以才能升上神格。不過，天子有這能力，在於他祭天後，獲上天賜予這個冊封的能力，但不代表天子自己也成爲神。妳明白這差別嗎？」

方圓搖頭。

「妳沒我想像的聰明。」守墓人打開抽屜，拿出記事本，打開第一頁，裡面夾了張紅色的紙幣，不是台灣的。「香港有三間發鈔銀行，其中一間是中國銀行。這是它的一百塊錢香港紙幣，在一九九八年發行，上面有時任中國銀行分行總經理的簽名，妳看，是用簡體字簽的。不過，這人在二〇〇三年因涉及經濟犯罪被免職。市面上流通的鈔票有他的簽名，到底有效嗎？有，當然有。這鈔票的效力，並不因爲他簽名，或者他是誰，而是背後的銀行。天子冊封的原理也一樣，天子的地位並沒有特別神聖，中國歷史上的皇帝以昏君居多。」

「我明白了，所以天皇只是人。」

「不一定，像明治天皇就因爲有明治神宮，所以上了神格。堺市最大陵墓，也是全世界最大陵墓的大仙陵古墳的主人仁德天皇，也上了神格。不過，仁德天皇的神社是在大阪的難波神社。而在日本神道教裡，神社是分等級的，依次是神宮、宮、大社、神社。供奉對象各有不同。『神宮』是神的宮殿，如共奉天照大神的伊勢神宮，和供奉如神明的明治天皇的明治神宮。『宮』則是供奉重要人物，如供奉德川家康的東照宮，和有力的神社，如供奉海上交通之守護神的金刀比羅宮。『大社』原本只指祭拜國津神的有力神社，就是出雲大社，後來也指備受敬仰的神社，如伏見稻荷大神。『神社』和『社』最雜，不管是人物或動物甚至石頭皆可。你搞懂了這些最基本的事情嗎？」

方圓答不上來。

「堺市那些古墓的主人並不限於天皇，有些只是陪葬的臣子。」

「你是不是想說，堺市裡的氣場並不單純？」

「妳終於明白了。我並不是說古墳裡的氣場都是陰氣，我相信那些天皇的氣場都會保護堺市市民，但巫眞身爲有異常體質的外人，情況就不一樣了，最要命的是他姓巫，是巫師的後代，可能被視爲入侵者。有心人惡意利用的話，後果可以很嚴重。」

方圓這才意識到在巫眞身上發生的事比想像中可怕得多。巫眞接這次任務前，根本沒想得周詳，過去的主因是爲了遠離自己。

「到底在巫眞身上發生的是什麼事？」

「你們這次的敵人是個高手，那把劍殺不了他，那本書也無法對付他。」

方圓嘆了口氣，覺得她和巫眞的命運多舛。拿了天命劍後，幹掉樹妖，卻敵不過字鬼。拿到無字天書，卻對付不了車站裡的鬼。如今天命劍和天書都無法拿來幫巫眞。

守墓人又道：「妳男友身上有很奇怪的東西，我看不出來。」

「你對付得了那東西嗎？」

「不知道是什麼，就無法對症下藥，這和醫生治病的原理一樣。胡亂投藥只會害死病人。」

「爲什麼你們老是一個推一個？沒一個願意幫我。」方圓幾乎想哭出來。「你們是男人嗎？」

「其實你們兩個已經是台南數一數二的驅魔高手。我不知道你們還可以找誰。妳要逆天，就要靠自己。」

方圓聽出守墓人話裡的玄機。「可以介紹台南以外的給我嗎？」

守墓人看了方圓一眼後，把目光回到雜誌堆上，翻了一本雜誌遞給她。

方圓翻開那本少說有十年歷史的舊雜誌，打開目錄，發現當期訪問一個叫鼎中原的捉妖專家。

「那傢伙還住在老地方，妳快去找他。」

45

巫眞從一開始就知道自己身處夢境世界裡。

太容易看出來了，否則他明明在洞穴裡，怎會來到一望無際的沙漠？只有在夢裡才可能，畢竟夢沒有邏輯，他怎樣移動根本毋需理由。就像那個高不可攀的洞口，和這個大到沒有盡頭的沙漠。

他想起以前讀過的科幻小說《沙丘魔堡》，故事發生在一個被沙漠覆蓋的星球，上面的人爲了爭奪香料而戰。這設定平平無奇，最大看點是沙漠裡住了巨型的沙蟲，張開的口比人還大，可以把人輕易吞進肚裡。

天，他眼前的沙丘居然動起來，他感受到腳下開始地動山搖。以夢境來說，實在很逼眞，讓他懷疑是在夢境或現實，不，他眞的在夢境裡，即使他無法醒來。

一隻巨大的沙蟲從沙堆裡冒出頭來，牠的頭比公車還要大。他想拔足狂奔已經來不及，沙蟲張開發出濃烈臭味的巨口把他吞下。他順著消化道向下滑。原來這個沙蟲的肚子就是洞穴。難怪他一直無法爬上洞口，因爲沙蟲的消化道在蠕動。

不管怎樣，他又回到洞裡，回到起點。不同的是，這裡的臭味更難受，原來這沙蟲的胃裡有很多垃圾，說不定是上一個被牠吞噬的人的骸骨。

照理說他應該很害怕，但在夢境裡，他並不會眞的死去，因此也沒什麼好怕的。

他撿起其中一根骨頭，不知屬於手或腳，反正他看不到，怪的是他雖然看不到，卻知道。夢的邏輯實在莫名其妙。

46

根據守墓人送給她的雜誌上說，二十年前鼎中原是台南最出名的驅魔師，也擅長看風水、找龍穴。他的客人都是達官貴人。幾個生意失敗的富商巨賈經他指點迷津後，不僅絕處逢生，事業也更上一層樓。

十年前他歸隱江湖，隱居在高雄旗津島上，算來已六十高齡，方圓估計他早就賺到盆滿缽滿，又或者和惡鬼戰鬥得元氣大傷，不得不退。說不定巫眞和自己日後也會踏上同一條路。

這是他們的宿命。

方圓只在小時去過旗津，記憶很模糊，只記得船泊岸時，幾十台機車同時呼嘯而出，好不壯觀。這情景到今天都沒變。

傍晚的天氣實在不好，天色陰沉，大雨隨時傾盆落下，她要盡快躲進室內。

鼎中原的大宅外牆塗成紅色，也許是取火燒旺地之意，容易找得很。

大宅外有一道矮矮的紅磚圍牆。方圓來到大門口，沒有遲疑，老實不客氣按鈴。

裡面一點動靜也沒有。

信箱在旁邊，裡面有些信，不清楚是否只是廣告傳單。

鼎中原歸隱了好幾年，搞不好早就死在屋裡發臭，或者被從窗口鑽進屋裡的野貓和老鼠吃掉。

方圓在算時間，要是半小時後仍然沒有人應門，她就離開，或者想辦法破門而入。

等了二十八分鐘後，門後才傳出聲響。

應門的男人不年輕，但顯然不到退休年齡，髮線沒有後退，也沒有老人斑。

方圓報上姓名，說明來意。

男人上下打量她，招她進去，沒備茶水，直接坐在她對面的沙發上，蹺起二郎腿，看來很不客氣。

方圓覺得此行和自己預期的相差很遠。

「我就知道妳會來。」

「你認識我？」方圓驚問。

「巫眞和方圓，台南第一殺妖黃金組合，在我們這行裡眞是響噹噹。沒想到妳大駕光臨。看妳一表人才，安平樹屋就是你們的傑作，眞厲害！」

方圓愈聽愈覺得不對路。她以爲守墓人介紹的就是好人，早早卸下心房，沒想到鼎中原是對自己不懷好意的狠角色。她送上門來，簡直是送羊入虎口，只能怪自己的江湖經驗不夠。

「你們這次遇到的事其實並沒有什麼大不了。幾十年來我處理過不知多少次。」鼎中原呷了口咖啡，「不過，你們兩人搶過我們多少生意？你們知道嗎？你們這兩個屁小孩在這行裡算哪根蔥呀？你們連屁也不是！」

方圓氣得要爆炸，正想說什麼話回應時，鼎中原說：「你們懂得這個嗎？」

鼎中原掏出菸斗，食指指頭冒出火光，給菸斗點火。

鼎中原深深地抽了一口，幽幽地噴出煙來。

「你們兩個只不過懂些雕蟲小技，就敢拿出來招搖！」

方圓目不轉睛，這招顯然比巫真和自己厲害得多。上次巫真在台南車站示範用氣場移動物件，她本來以爲他已經很厲害，沒想到天外有天，人外有人。原來守墓人和鼎中原一直都在講反話。他們兩個的台南第一，應該是倒數的。

陳劍和守墓人先後推卻了她，如果連鼎中原也拒絕，她就求助無門。

「要我出手，不難。妳這麼漂亮，一定懂的。」

他的目光向她上下掃視，方圓覺得渾身不舒服，希望他沒有透視、催眠，或者時間停止那種能力。

不，如果他有的話，就不用說剛才那些話了。

「在安平樹屋時，巫眞爲妳做了犧牲。現在該換妳爲他犧牲。」

什麼犧牲？方圓那時的記憶全部被封印起來，但不能讓對方知道自己失憶。

一念及此，方圓氣在心頭，眞想一巴掌摑過去，可是鼎中原說不定在她動手前已經把她的衣服燒起來，然後她就要被逼赤身露體離開。這種色鬼什麼事也做得出來。

「你們這些有異能的人，根本沒有盡自己的責任，知道什麼叫救國救民、鋤強扶弱嗎？」她怒道。

「妳信超級英雄電影說的『能力愈大，責任愈大』嗎？我們從來沒想過做超級英雄，那是好萊塢騙小屁孩的，讓你們覺得每個人有能力貢獻社會，把你們無限放大，自我感覺良好。」

室外突然傳來一下閃光，幾秒後一聲雷響，把方圓結結實實嚇了一大跳。

鼎中原老神在在，噴出一口煙，繼續道：「妳以爲除掉台南車站的鬼就很了不起嗎？在我們眼中那什麼也不是。我們才是眞正控制這個世界的深層力量。」

方圓霍地站起來。

「你們這些老前輩沒一個願意幫我，我也不求你們了，我自己來。巫眞和我一樣有骨氣，絕不會低聲下氣求人。」

方圓沒等鼎中原替她開門，她自己去開。

一開門，雨水已潑進屋裡。

她寧願到外面任由風吹雨打，也不想留下來被羞辱。

她走不了多少步，已渾身濕透，但頭也不回，也不奔跑，而是帶著怒氣和失望，頂著暴雨一步步用力走。

——老娘不喜歡求人。

——巫眞也一樣。

——要是他知道我要委曲求全，我相信他寧願死去。

她的衣服和鞋子變得愈來愈重，她承受的壓力同樣愈來愈大。

47

方圓從台南去到高雄再返回台南，走了一整天，日本青年也跟蹤了一整天。

巫眞沒有跟蹤的價値。他喜歡宅在家裡，大概仍無法適應目前的生活，很少出門，頂多就是去附近餐廳買個便當，也很少開口說話，人家對他打招呼他也只是點頭。巷口旁邊的水果店老闆娘和他熱情打過幾次招呼後當他透明。

巫眞不可能這樣過一輩子，但暫時沒看到他採取行動改變現狀。

相反地，青年認爲方圓非常積極想改變目前的困境。

即使她似乎到處碰壁，但沒有放棄。

眞是強悍的女生！

48

回來台南後，巫眞每天起床都覺得很夢幻。

每晚睡前，他都希望第二天醒來後左手不再失控，但每天都會落空。

那隻手看來好好的，用手戳也能感受到，可是一鬆開繃帶就會亂來，他的鼻子已中了好幾拳，也流過鼻血。

而面對一屋子幾十隻顏色各異，卻無話可談、只能大眼瞪小眼的貓，就更無奈。

外面的世界對他來說非常陌生，只有外出吃飯時，他才會離開這斗室。

走出巷子，水果店的老闆娘跟自己打招呼。

「早呀！你的手好點嗎？」

他沒有答話，也沒有留步。他不確定她手上那杯果汁是否是送給自己，但他還是跟昨天一樣行色匆匆。

老闆娘會諒解失去記憶的自己。

他不喜歡單手生活，諸多不便，他要盡快擺脫這個不受控制的左手。

沒一個醫生能幫得上忙。他們不是庸醫，原因和現代醫學無關。這點他心知肚明。

49

小靜買了兩份豬腳麵線來到方圓的窩。照樣有四隻貓任護衛軍，但至少有兩隻跟她上次來時不一樣。牠們注視她時的眼神，令小靜很不舒服。

電視播著最熱門的大選選前節目，可是方圓毫無興趣。

小靜一邊吃麵線，一邊偷看方圓。雖然有很多人——特別是男生——覺得她神祕，這也是她魅力所在，但如今她連這點也逐漸失去，正朝一個樣貌娟好但毫無氣質的平凡女生靠攏。

「我到現在仍然不明白爲什麼他們會袖手旁觀，大家都是同類，不是應該互相幫助嗎？」

「我一直說妳不懂做人，這種事情其實很容易明白。愈有能力的人，愈可能自視過高。他們認爲以自己的超卓能力，應該獲得相應的報酬，不管是金錢、權力，或社會地位。」

「妳這樣說我就懂了，這也不限於個人能力，也包括才華。難怪很多知識分子都想擁有權力，也包括妳我這種美女。」

「妳是拐個彎讚自己嗎？」

「我也讚妳呀！」

小靜噴了口煙。「這種人的存在，會大大威脅我們的社會。他們不管憑先天或後天優勢，都比我們更容易掌握社會資源，更能對付我們這些人，如果他們只是教授、藝術家還好，如果成爲政府官員，就可以鑽研法律漏洞制定各種政策壓逼民眾。如果學校教出只懂考試但沒有道德感的學生，等於給社會埋下不定時炸彈。」

方圓沒有答話，只是點頭，若有所思。

小靜靜靜地注視方圓。她的好朋友雖頂著張青春的臉，但身體內的不是老靈魂，而是死靈魂。三魂不見了只剩七魄。她失去了巫眞，仍會繼續生存下去，但會和別人一樣行屍走肉，按照別人的期待去生活，人生不再追尋目標，也沒有光彩。

「你們是二人組合的天團，」小靜把麵線放下，很認眞地道：「妳不能再這樣下去，要想辦法解決。」

「快拆夥了能怎樣解決？」

「妳怎麼不去拜拜？」

方圓苦笑，「這種話由我來說才合理，妳怎會這樣說？」

「妳自己不是有異能嗎？妳那些經歷難道是假的？」

「我有異能是實在的。如果去求神拜佛就有神明庇佑，世人爲什爲要努力工作？而且，妳看那些港劇，警察和黑社會都拜關公，江湖大廝殺時關公會保佑誰？大家都知道，善惡未必有報。」

「我同意，神明做的選擇我們未必能參得透，也許那個警察捐軀後，他的子女會發奮圖強做人，下定決心打擊罪犯，反而罪犯打死了警察後到處揮霍，結果惹禍上身。這是因果。」

「妳的想像力太好了，會認爲善惡長遠來說最終有報。」

「人生在世總要有點希望吧！如果妳自己放棄，上天憑什麼再幫妳？而且，妳可以打的牌都已經打光了，除了求上天特別打一張牌給妳，難道還有別的方法嗎？」

方圓被小靜說得心動。

「妳說我該去哪個廟拜拜？」

「妳的情況，能去多少就多少。」

50

很多人說台南的廟宇比便利商店還要多。這明顯是誇大其詞，但台南廟宇確實是多不勝數。

方圓每天出門拜廟前都沐浴，相信心誠則靈。

雖然小靜說滿天神佛全部都可以去拜拜，但她是外行人，不知道這種事情一點也不能亂來。小靜大概以爲拜神就和崇拜天王天后等偶像一樣，有演唱會去聽就沒錯。

兩件事根本不能混爲一談。

方圓特地買了本講台南廟宇的書回來看，作者是個長期研究台南歷史和文化的熱心作者。她在上面做筆記和劃線，挑了其中十間廟去拜。一天只去兩間，上下午各一間。

她放慢腳步，走路很輕，在祭壇前站了很久，在心裡告訴神明：我並不是來打卡，而是請祢們幫忙。

然而，一個星期後，巫眞的情況仍然沒有好轉。

51

巫眞來到不一樣的台南，在夢裡。

夢境是由潛意識操作，把他的朝思暮想和記憶轉化，這個台南也不例外，只是他搞不清楚來自哪個文本。

另外，在現實世界你位處什麼地方是張開眼看就知道，但在夢裡你卻只知道自己在台南，看不清楚四周的環境。

走著走著，他眼前的世界逐漸清晰起來，不，其實不怎麼清晰，因爲烏雲蓋頂。這個台南該怎樣說呢？不是殘破，而是每棟建築物的外牆都長滿了草，不是環保規劃，而是不規則亂七八糟的雜草，就像一個受核輻射威脅、居民跑光後，任由其自生自滅的城市。

不同於以前的那些夢境都是受小說啓發，這個台南他不曾在任何文本見過，純屬原創。

他站在台南車站門口前的圓環裡，面對成功路，身後是成功大學。

他最近的夢境都像電玩一樣有目標。不管在洞穴或者沙蟲的肚子裡都是要找出口，他這次已經人在車站門口，根本不須要再找出口？

不，應該問，他的目標和目的地是什麼？

不可能沒有！

他作的不是單純的夢，一定和他看過的書和電影有關。一定有的。

他想了很久，終於想到。

就是那個最近改編成電影的熱門電玩。

《返校》。

他要返校嗎？

可是在夢境世界裡，他覺得他唸過書的那間學校已經不復存在。

他要去的目的地是另一個地方。

對，只有一個。

就在水果店旁的巷口，裡面有他的家。

巫眞在這個夢的目標，就是返家。

只要返到家，他就可以擺脫夢境，醒過來，回到現實世界。

52

拜廟兩個星期後，方圓收到來自日本朋友的訊息。

「那個邀妳男友過去日本的男人叫周育麟，日本警方查出他的過去。五十五歲。是以台灣留學生的身分去日本，已經住了三十多年，一直都沒有正式上班，有時會去替人看風水，或者其他占卜的差事。」

方圓隱隱覺得這種漂泊不定的生活也是巫眞日後會走的路，但大前提是他的記憶要先找回來。

「他去了哪裡？」

「我暫時問不到，也許要過去堺市一趟。」

「辛苦妳了。」

「沒事，我來大阪一年來，也沒去過堺市，現在正好有個理由。」

53

巫眞沿著成功路走——他和群貓口中的大馬路——回家。

不同於現實世界的成功路是條直路，夢中的版本是每隔幾個路口就有一個圓環，一個接一個，從高空看應該是「丸子三兄弟」的模樣。

不同的是，這些圓環比他見過的要大，甚至侵佔到行人道上。

他以前聽師父說過，台南一共有七個圓環：民生綠園、火車站前圓環（富北圓環）、西門圓環、小西門圓環、東門圓環、東門城圓環和後甲圓環，其中以民生綠園的圓環最重要，因爲是七條大路的總匯。這七條路四通八達，可以快速前往台南的重要地點。日本人設計圓環，固然有城市規劃的成分，但有另一個特別用途，就是讓鬼迷路，無法入內。日治時期的重要建築，包括車站、都廳、武德殿、司法院、神學院和知事官邸等都在七個圓環連成的包圍網裡。

本來巫眞不信師父的說法，但上次和台南車站的日本鬼周旋時，發現日本人不只在隧道口留字辟鬼，還要建亭子，才不得不認同。

可是，不知怎地，巫眞覺得夢裡的這些圓環都是陷阱，怎也不願走近。

他拐入大馬路右側的小路，從另一條大路繞過去。可是前面仍然有圓環，爲了避開，他只好走迂迴路線，見縫插針地走，但這種走法進一步退三步，離家愈來愈遠。

他若執意要避開圓環，恐怕要幾天後才能回到家，於是不再迴避，直接穿過。

開始走的頭一個兩個都沒事，但他仍提心吊膽，等走了十個八個沒事後，才終於放下戒心，不再視圓環爲禁地。

他自忖已走了一半的路時，發現前面的圓環中心有一顆排球，下一個圓環裡有五個排球，第三個裡有十顆，接下來的圓環裡排球愈來愈多，多到他數不清。

他每逢經過圓環就加快腳步，可是與家的距離似乎並無縮短。

終於，他來到這個特大的圓環面前，裡面全是排球。

他不敢接近、想後退時，才發現剛才經過的圓環裡的排球陸續裂開，裡面爬出一隻隻比他身形還大的巨型蠍子。夢中的物理法則完全不合理，但他知道自己要盡快逃走，不然這個夢境會永無休止下去。

蠍子群揮舞如利剪的大螯，向他衝過來。這支黑壓壓、一望無際的大軍讓他想起「萬」字字鬼。他趁面前排球大小的巨卵仍未孵化，急步衝過去。

——上天保佑讓老子衝了過去後異形才爆出來。

巫眞經過那些圓環時，覺得就像踏入鬼域，每一步都異常沉重。他恨不得自己有一雙翅膀，或者有一雙快腿，能以光速穿過圓環。

即使沒有餘裕回頭，卻仍聽到耳邊巨卵破裂的聲音。他這回是自投羅網。他迅速被數之不盡的蠍子淹沒。

54

沒課的早上，方圓根本不想起床。

只有在夢境裡，巫眞才會接她下課，陪她去夜市，和她一起冒險，現實中的巫眞變得愈來愈陌生，讓她難以適應，也難以接受他們兩人的關係最後變成這樣。

她冷不防被鈴聲吵醒，家裡四隻貓衝到門前，弓起身來，進入作戰狀態。貓眼裡的是個穿上宅急便制服的送貨員。

「我沒訂東西！」她才不會貿然打開門，只好隔門說。

「這是印刷品，要妳簽收。」對方回答。

「誰寄給我的？」

「一位姓守的先生，他的地址是在……墓園？」

方圓對上次守墓人介紹鼎中原猶有餘慍，但絕不會不接收他特地送來的雜誌，雖然她並不曉得他怎樣找到她的地址。

她拉上防盜鏈，露出一道僅供那台機器穿過的窄縫，在上面畫了個圓圈後遞回，那人再把雜誌塞進來。

她腳邊的貓雖然放下戒心，但仍圍著她，舉頭注視她撕開包裝。她覺得牠們的反應一點也不像貓，反而比較像狗。

這是本十五年前的舊雜誌，封面是個她不認識的女人談自己的閨蜜勾上議員老公。這幾個當年的封面主角如今都成爲過氣人物，她連名字也沒聽過。

她翻閱目錄，逐一檢視各大小標題，發現人物專訪和自己最有關。

主角姓商名啓疆，四十多歲，是個占卜家兼驅魔師，這不奇怪。他養了隻懂得占卜的烏鴉，也不奇怪，這玩意在夜市裡多得是。然而，這隻烏鴉與眾不同，擁有兩個頭腦。烏鴉的平均壽命是十至十五年。雙頭烏鴉是變異，不知道活不活得到這麼長？

不過，守墓人已經爲她做了把關的工作，方圓要做的事，就是親自去拜訪他。

她希望守墓人這次不是耍她。

55

商宅位於高雄，國立中山大學附近，從高雄火車站再轉公車，算容易找。

雜誌上的商啓疆是中年人，如今已是老年人，頭髮都掉光，臉上添了幾道坑紋，就是雙頭烏鴉看來也很老態，不禁令人慨嘆歲月不饒人和鳥。

「這隻雙頭烏鴉是我年輕時在路上撿到。不知雙頭烏鴉是從巢裡掉下來，或者被母鳥或其他兄弟趕走，但我把牠帶回來了。」

雙頭烏鴉的頭各自活動，並無交流。方圓覺得這種雙頭鳥應該是兄弟，原因和連體人一樣，但不曉得這兩個頭腦視對方爲自己，或兄弟，或敵人。

「牠……或者牠們？這兩個頭——會不會搶食物？會不會攻擊對方？」

「不會，兩個頭一直和平相處，也許知道攻擊對方身體，自己也會痛，所以才能活這麼久。我在網路上看到有影片說如果兩個頭看對方不順眼，就根本長不大。既然是無法分開的命運共同體，如果命中註定是宿敵，下場一定很可悲。」

方圓咀嚼他話裡的意思。巫眞和她這個命運共同體是不是要停止鬥嘴？

商啓疆繼續道：「我本來不知道這鳥的能力。這一帶是二戰期間美軍空襲高雄時少數沒被炮火轟炸的地方，但在二二八時淪爲刑場，就是用大卡車把十幾個人送來，叫他們跪下，憲兵再開槍掃射，死了不知多少人，半世紀後仍然一直鬧鬼。可是自從這雙頭鳥來後，那些鬼就開始銷聲匿跡。後來發生什麼我忘了，總之有人上門想要驅除被鬼附體的人，我就安排客房讓他睡一覺，第二天他們身上的鬼怪都跑掉，於是愈來愈多人過來。」

方圓想起《返校》的劇情，「牠可以輕易把整個台灣的鬼都殺掉！」

「妳想得美了，只要離開這房子，其中一個頭就會呼呼大睡，等牠醒來時，就換另一個頭去睡。只有兩個頭都清醒時才能驅鬼。」

「那是什麼時間？」

「沒人知道，天天不同，總之是在夜晚而不是白天，叫妳男友來睡一覺就行。」

「我怕他自尊心太強，未必願意過來。從來只有他幫客戶忙，沒試過接受別人幫忙。」

「他不是唯一會這樣想的人。不同的人，要爲他們想不同的藉口。妳熟悉他，可以構思一個讓他放心的藉口嗎？」

方圓心念一動，「讓我回去想，應該難不倒我。」以她的聰明才智，可以輕易想到一百個藉口。

「我本來還想提醒妳，這個除魔過程會讓人很不舒服，要他有心理準備，看來不用告訴他了。」

「會怎樣不舒服？」

「每個人的反應都不一樣，但放心，不會斷手斷腳，不會頭破血流，過程結束後就沒事。」

「他受得了的。」方圓眉頭一皺，但想到巫眞第二天就會沒事，很快又感到舒坦。「我該怎樣謝你？」

「開玩笑，我的退休金加上兒女的孝親費已經很可觀。」

「那我可以準備食物來感謝牠嗎？」

他呶下巴。「我們車庫裡有很多，夠牠吃好幾年。要不要我帶妳去看看？妳和妳男友不是一直在幫台南鄉親嗎？我幫你們天公地道。老實說，能夠幫你們我深感榮幸。傻孩子，不要哭。我以爲妳名字叫方圓，做人是外圓內方，沒想到是外硬內軟。」

56

「這位隱世名醫很老了，只在早上八點到九點見病人。如果你不想一大早就趕過去，可以在他那裡過夜。他們有客房。」

巫眞很想避開方圓，但方圓的提案似乎可以一試。也許這個名醫就是能讓他左手回復自由的那個人。

「妳也留下來過夜嗎？」

「我第二天有課要上，要回去。你不會怕一個人在外面過夜吧？」

巫眞懶得答她，但鬆了口氣。

只要他的左手回復自由，就可以從此甩開方圓。

57

青年追到山上，沿路一直回望，確定沒有人跟蹤自己。

方圓和巫真來來去去的地點本來不出那幾個，但沒想到會有新花樣，就像山上這座大宅。

昨天方圓才來過，一個人，今天晚上又拉了巫真一起來。

兩人應該是來求助吧！

幸好夜幕降臨，他可以找個地方快速變身黑衣人，戴上眼罩，僅露出雙眼。不能忘記手套，不能留下指紋。他入境台灣時指紋被記錄了下來。

他腳踏靜音鞋，向大屋接近。在準備翻過大屋圍牆前，從懷中掏出了一個巴掌大的肉塊拋過去。即使隔著圍牆，他仍可聽到腳步聲，四隻腳的，再來是一陣咀嚼聲。

一分鐘後，他才蹤身一跳，翻過圍牆。這位置是監視器的死角。

那頭目測約二十公斤的土狗已沉沉大睡。若這狗死了，飼主就會發現有人來過。以這體重，牠會作夢一個小時，希望時間夠他把事情處理好。

58

巫眞沒想到名醫的廚藝這麼好，這一頓晚餐是他近來最好的一餐。

方圓吃完晚飯後就離開。

巫眞吃完就回去房間。

他吃得很飽，也很有睡意，洗完澡後倒頭就睡。床褥很軟，他躺下來閉上眼很快就進入夢鄉。

夜裡，他被一陣光亮照醒。他以爲牆上亮了燈，但四道光是從鄰房穿牆而來，耀眼得足以讓人讀書寫字。他定睛細看，驚覺四道光來自一隻雙頭鳥的兩雙眼睛。他從來沒見過此等奇事，甚至不知道屋裡有雙頭鳥。

什麼醫生，根本只是謊言。方圓爲了哄他來，眞是花招百出。

那光罩在他身上時，巫眞感到皮膚癢癢的，卻又動彈不得。

——不過是隻鳥，老子才不怕你。

不料那道力量逐漸加強，如大山壓頂，令他不只幾乎透不過氣來，連一根手指也抬不起來。

等這道向下壓的力量消失後，換另一道力量出現，要把他用力抽起，快速提到幾百公尺上空。

——這是什麼處理手法？簡直想要了老子命！

他最怕的事，就是被人狠狠從高處丟到地上跌個粉身碎骨。

59

巫眞又回到台南車站門口的圓環前。在夢裡。

他已忘了是第幾次作這夢。

開始時他仍能數，數到三後就無法再數下去，覺得自己數數字的能力愈來愈差。成功路仍然遍布圓環。他只知道要回家。他隱約記得家的方向，但不確定位置，也忘了家裡有誰在等他。

他要在第一個路口向右轉，避開圓環，每一個都要避開。那些排球會孵出巨型蠍子，他要跟牠們賽跑。即使每次都跑不過牠們，他仍然不會放棄。

這次他又被前後無數蠍子包圍。牠們會一如先前把尾巴的毒刺刺進他身體裡，讓他的血肉攤在地上，或沾到牠們身上，但最後都會被牠們全數吸進嘴裡，一點不剩。

即使在夢中，他仍然能感受到被刺、被分屍、被咀嚼的痛，卻無法醒來。或者說，再次醒來時又回到台南車站，再來一遍椎心痛骨的歷程。

這種永劫輪迴他已經承受了無數遍，再來一次，他也無所畏懼。

——老子從來不怕死！

每次他身陷險境，即使記憶逐漸消褪，但從來沒有退縮，仍然希望可以在街上撿到木條或者鐵枝來作武器，即使最後仍會被殺，但也希望殺得了一個蠍子算一個，積少成多把蠍子一一殺光。

殺！！！！！！

蠍子再次衝上來，根本殺之不盡。

殺！！！！！！

就算每次殺掉下次夢境又自動增補，但仍然不會放棄。

殺！！！！！！

可是蠍子數量實在太多了，讓他根本承受不了。

一道金光在烏雲間投下來，令蠍子睜不開眼睛，巨螯無法瞄準他，他趁機逃走，邊走邊殺了一些。他從來沒有在一個回合裡殺過這麼多蠍子。起碼有二十多隻。嗯，他數數字的能力又回來了。

他也終於記起在家裡等他的是誰。

是貓咪，還有方圓。

那個名字沉在記憶深海最深最冷的海底多時，如今終於浮起來了。

他穿過一個個圓環，又殺了幾十隻蠍子，他的家就在一步之遙。他幾乎能嗅到貓咪和貓糧的味道，能看見貓咪吃貓糧的情景，聽到牠們進食的聲音。

方圓就站在巷口，在和暖的金光下，笑咪咪等著他過去。

在夢境世界過了這麼久，死了又復活了這麼多次，巫眞覺得這是自己第一次笑。

他懷著愉快的心情準備踏入巷子時，一隻前所未見的巨大蠍子突然破土而出，不只擋路，也舉起比人還大的巨螯，向他左右開弓，一隻由高劈下，另一隻像鐵鏟般從他左方掃過來。

——老子要跟你拚了！

巫眞手上只有一根木條，但經過戰鬥後前端已愈來愈尖。他兩腳一蹬，快速跳到五層樓高的高度，沐浴在金光中。這時他比蠍子還要高，把木條倒握，讓尖銳對著下方，瞄準蠍子王的頭。

蠍子王剛才一直在搜索他，直到這時才抬起頭來。

蠍子快要逼近時，金光突然消失，讓牠隱身在黑暗中。

巫眞的瞳孔放大，希望能憑本能或運氣或記憶刺中目標。

只要把蠍子王殺掉，就可以離開這個漫長得近乎無止境的惡夢。
可惜他只感到身體被撕裂。

60

「方圓，我終於記得妳了，」巫眞執起方圓的手，溫柔地道：「一切沒事了。」

「太好了。」方圓擁抱巫眞，不願放手。

他們終於回到以前的日子。他接她下課，她去巷裡探他，兩人一起去夜市，他做傳譯讓她和貓聊天。

方圓醒來時，枕頭是濕的。

即使來到雙頭烏鴉鎮守的房子，她也睡得很差，就像過去一個多月般。每天睡前都希望第二天一覺醒來，巫眞就回復原狀，什麼問題都一掃而空，但最後全部落空。

結果就是，美好的只留在夢中，現實反而變成惡夢。

她梳洗完快速化了淡妝後才離開房間。

商啓疆剛從巫眞的房間出來，神色凝重。

「他醒了，但是發燒。」

「這是正常或者不正常？」方圓很迷惑。

「一百個人裡就有一、兩個這種情況，很可惜的是，我們幫不到他。他惹到的鬼太強了。一般來說，即使再厲害的鬼，第二天兩個頭裡一個清醒一個睡，現在兩個頭都昏昏大睡。這是從來沒發生過的事。」

方圓對雙頭烏鴉的期待太大了。她本來還想嗆「免費的果然不是什麼好東西」，但最後把話吞進肚裡。

商啓疆又道：「一般烏鴉頂多活十五年，牠們活上了二十二年，有賺了，我早就有心理準備。」

聽到人家的鳥可能會爲了救巫眞而犧牲，方圓不只說不出話來，也深感抱歉。

「鳥總有一死。我只是遺憾牠最後一次沒能成功。妳男友大概晚上就會醒來，不用擔心。」

61

巫眞果然像商啓疆所說的，在晚上才醒來和退燒。聽了方圓說出帶他來的原委後，他的第一句話是：「我早就說不會有用。」

語音未落，他被綁起的左手開始像馬達般猛烈搖動。

「怎麼情況反而嚴重了？」方圓噙著淚水。

「投錯藥的結果。」巫眞雙眼充滿怨恨。

62

青年追著方圓和巫眞上山，本來只打算停留一個多小時，沒想到兩人竟然留下來過夜，但隔天卻分頭離開，方圓鬱鬱寡歡，眼角帶淚，巫眞怒髮衝冠，左手失控情況惡化不停搖晃。

兩人在屋裡發生什麼事？他只能靠推敲。

接下來，巫眞不會再懶洋洋坐視不理，一定會盡快找出解決之道，換句話說，遠離巷子的範圍。

爲免夜長夢多，青年想清楚了，只要巫眞落單，就是下手的好時機。而巫眞疏遠方圓，更是求之不得，天助我也。

63

回家後，巫眞的左手更加失控，力氣愈來愈大，甚至掙脫布帶，揍了巫眞的臉和肚子好幾拳。每次中拳，他都罵方圓作臭女人，即使她並不在場。

那些貓聽到他罵人，都跑得遠遠的。他討厭這些貓，希望罵走牠們，可是牠們走遠了一陣後就會折返，非常頑固，眞是畜牲！

這隻手失控了幾天他也罵了貓幾天後，他終於忍無可忍，去水果店打電話過去狠狠把方圓罵得狗血淋頭，一洩心頭之忿。

他掛斷時，才發現水果店老闆娘和顧客都對自己側目，竊竊私語。

老闆娘臉上不只沒有笑容，反而擺出臭臉，大概有些潛在顧客被他趕走了。

64

方圓聽到巫眞打電話來罵後，除了連聲道歉，還恨了自己好幾天。

知道雙頭鳥在她和巫眞離開第二天就一睡不起後，她更加自責。

如果懂鳥語的話，她很想問雙頭鳥到底是怎麼一回事。

守墓人不只要了她，也害死了雙頭鳥。

她由上課時什麼也聽不入耳，提升到交不出作業來。不用小靜提醒，再這樣下去，她鐵定要留級甚至退學。

「妳不如買張廉價機票去日本好好放空一個星期吧！」小靜建議道。

「我哪有心情？」方圓的眉頭鎖得愈來愈緊。「我去只會浪費錢，我連墾丁也不想去。」

「長痛不如短痛，妳不如改變一下生活形態，暫時不要再回學校，反正來的只是妳的肉身，妳的靈魂並不在。」

「那我可以去哪裡？」

「不如留在台南，但去妳平日不去，或者沒去過的地方。當妳用不同的心態去欣賞這世界，才能改變心情。別這麼快說沒效。就算沒效，也花不了妳多少錢。妳早上醒來後就出門，晚上要睡覺才回家，試幾天看看。」

這本來就是方圓安撫別人的招數，沒想到這次是安撫自己。

65

她獨自坐在蝸牛巷的文青咖啡室裡，欣賞窗外那個書桌壁畫。人家也許覺得她很悠哉，其實她累到不行。她很想脫下跑步鞋去揉腳掌，但未免太不雅，即使沒人留意到她。

她一大早就從台北乘高鐵南下，把行李留在民宿後就馬不停蹄在台南遊覽。由新落成的台南市美術館、日治時期的台文館和林百貨、清代的孔廟，然後趕去看荷蘭人的赤崁樓和安平古堡，把台南幾百年的歷史盡收眼簾後，再風塵僕僕趕回來。

網路上說這個行程應該要三天，但她一天就走完。台南太精彩了，她要把四天三夜的行程塞滿，不然就浪費了這個假期。

香港人只會說去台北玩，彷彿整個台灣只有台北一座城市。她朋友其實分不清台北和新北的差別，她們口中的台北其實也包括新北，行程不外乎吃喝玩樂和逛書店裝氣質，但對台灣歷史一無所知，頂多只知道日治時期，並不知道大清帝國和荷蘭也統治過台灣，鄭成功的歷史更是沒聽過。她一直認爲旅行的眞諦是認識一座城市，而不是膚淺的消費。去一座城市做觀光客消費和打卡，只懂得它的現在，只有瞭解它的歷史後，行程才立體，才值回票價。

而經過一整天的實地考察，證明台南比台北有深度得多，也顯然不適合大部分只愛「食玩買」的香港人。

二十五歲了，已經不年輕了，要好好珍惜時光，別虛擲寶貴的時間，旅行不能只是消費和hea。她本來不知道怎樣向台灣人準確解釋hea的意思，要上網才找到「漫不經心」和「不專注」等的意思。後來有個熟悉兩地文化的朋友說，hea其中一個意思接近台灣人說的「放空」。

冰咖啡送來時，窗外一隻蝸牛爬到體型大牠三十倍不止的蝸牛石雕上，緩緩爬行。她很想和這蝸牛聊天，可是看牠爬得那麼辛苦，還是不要打擾好了。

倒是店裡的白貓無所事事地癱在外頭一張桌上，背對著她，頭倒是扭過來。一對眼睛睥睨眾生，明顯視自己爲主子。又一個欠揍的傢伙，和她見過的其他白貓一樣恃寵生驕。牠沒有頸圈，應該是社區動物，說不定是這一帶的老大。

「你好嗎？是公的還是母的？」她在心裡問。

那貓快速翻身變成坐姿，眼神很是驚慌，如臨大敵。

66

方圓坐在巷口的水果店，非常頭痛。

小靜叫她到平日不去的地方跑，但她根本沒有心情到處跑，覺得其他人的歡笑聲和自己格格不入，甚至讓她很困擾。

結果她最後跑回巫眞家巷口的水果店坐，要是小靜發現，定會恥笑她很不長進。

老闆娘和她寒暄了幾句後就沒再打擾她，但黑白無常仍然緊守崗位。

巷口出入的貓她大多都認得，有幾隻甚至走過來和她打招呼，但就是無法溝通。

其實她本來就和牠們無法溝通，一直都是靠巫眞做中間人，如今巫眞自己連貓語能力也失去，她和群貓只好無言以對。

巫眞的貓語能力是天生的，無法教人，她也無法學習。貓的身體語言只能傳達很簡單的意思，而不是聊天。牠們到底在說甚麼，就連「貓語翻譯機」也聽不懂。

這些貓一定有話想告訴她，但不知道怎樣讓她理解牠們的話。

方圓喝完很好喝的果汁，仍然很鬱悶，但也無可奈何。

準備離開時，一個女生向她走過來。對方前面有幾隻貓，像是爲她引路。方圓和巫眞相處多時，習慣觀察貓的反應。群貓紛紛舉頭注視這女生，甚至有些貓從巷裡走出來。這場面她見過，就是她和巫眞初相識時，那些貓也給她同等禮遇。

以她所知，這女生是除她外的第二人。

她的來頭顯然很不簡單，可是她沒有氣場，也許是隱蔽起來。

不過有一點方圓可以肯定，從她的打扮來看，她不是台灣人。她的衣著過於文青，台灣人不會這樣穿。她的化妝技巧也和台灣女生很不一樣。

她的眼神不凌厲，但很有自信，也很溫暖。她的雙眼皮和身高都很不日本。

這女生不是台灣人，也不是日本人，唯一可能，香港人。

她主動向方圓伸出手來，「Hello，聽說妳在找我。」國語頗爲純正，帶了些微的廣東口音，但比其他香港人的國語高明得多。

「我找妳？」方圓失笑。這騙徒的手法眞厲害，連群貓也被她騙過。「還以爲是什麼人，原來是詐騙集團！」

「不，我不是集團。我叫嘉欣，Claire，是從香港來的。」

「嗯，看得出來呀！」方圓暗笑。嘉欣是香港人的菜市場名字，她幾個香港同學都叫嘉欣。

她取出手機，秀出臉書上的戶口名字：古佳芯。

「妳怎會說我找妳？」方圓問。

「牠們說的。」

古佳芯側頭俯視她腳邊的白貓，方圓沒見過，不過，巫眞的好幾隻貓走過去和牠磨蹭，好不親熱。這幾隻是以戰鬥聞名的漢尼拔和亞歷山大，不輕易對外來貓客氣。

而一直幾乎寸步不離方圓的隆美爾，仍然寸步不離。

「說來話長，我要先喝杯飲料，妳有什麼推介？」

古佳芯的國語流利，但用語和句子結構完全和台灣人的不一樣。方圓記得巫眞說她很古怪，但方圓覺得這個古佳芯比自己更古怪。

「隨便點一樣都沒錯，這是全台南最棒的水果店。」

67

古佳芯剛坐下來，漢尼拔就跳到她大腿上坐。

「我跟妳朋友用不同的方式和貓溝通。我懂的不是貓語，而是動物傳心術，所以我可以跟所有動物溝通。」

「這比我朋友厲害得多。」方圓嘴巴上是這樣說，但心裡狐疑得很。

「可是牠們覺得我可以和所有動物交談，並不特別親近我。我無法像妳朋友般和貓建立深厚的感情。妳好像不相信我。」

「怎麼證明妳說的是眞話？妳可以告訴我哪一隻貓去過動物園嗎？」

古佳芯凝視群貓。

那些貓七嘴八舌，沒多久，拿破崙走過來，那樣子像做錯事的學生被老師點名出來罰站一樣。

古佳芯和拿破崙對望了幾眼後，對方圓道：「妳朋友帶牠去看大貓，是獅子、老虎吧？」

方圓像被電到。這事只有天知地知，巫眞知，她知，還有這些貓知。沒有第三個人知道。

「牠們又說妳朋友已經變成另外一個人。」

「對。」方圓不再懷疑了。

「牠們看見妳朋友和一個黑衣人吵，最後更打起架來……這貓居然不是色盲呀！」

方圓馬上想到那個跟蹤她的青年。小靜說大伙人被他甩掉後，再也沒有發現他的行蹤，原來他去找巫眞了。

方圓見古佳芯說得冷靜，料巫眞大概沒事，「他還好吧？」

「沒事，他打走了黑衣人。」

她本來還擔心巫眞那傢伙失憶、失去氣場，左手又失控後會淪爲廢物，遇襲的話只能夾著尾巴走，沒想到他居然仍然有戰鬥力。

「知不知道那個黑衣人跑到哪裡去？」

古佳芯和貓交換了幾句後，轉告方圓：「牠們想去追，但追不到。」

「我要知道那人的下落，以免他再次出手。」

「我可以叫牠們去找，可是怎樣告訴妳。妳不懂貓語，而我明天就要回香港。」

「不用擔心，我和貓合作過找人。牠們找到人後，會把那人的物件交到我手上，再帶我過去找人。貓是很聰明的動物，牠們的網路也非常厲害。」

「居然有這種方法。」古佳芯一愣，「等我有機會也試試看。」

她和方圓交換了聯絡方法後，方圓問：「妳有氣場嗎？」

「什麼來的？」

「除了和動物溝通，妳還有其他特殊的能力嗎？」

「哪有？妳以爲我是超級英雄嗎？」

方圓總算感到有點安慰，上天是公平的。

古佳芯邊離開邊回頭向她揮手，方圓隱隱覺得她們還會再見。

68

回到那天早上，古佳芯還在早餐店吃古早味牛肉麵時。

巫眞的左手失控到他想乾脆把整個左手切下來的地步。

這手好像不屬於他，而他對這手也沒有很深厚的感情，但切下來，接下來的日子就會很不方便。

他又添加了好幾層紗布才能把手紮緊。

爲了擺脫目前的困境，他什麼都願意做。

一定可以找到解決辦法，特別是台南這地方。

他去水果店和老闆娘打招呼，讓她暗暗吃驚。最近她和他打招呼時，他只會敷衍點個頭或者不理她，匆匆離開，沒想到今天居然反過來採取主動。

「我有個問題想問妳，不知道妳懂不懂？」

「嗯，」她以爲自己聽錯。巫眞從來沒向她提過問題。「是什麼？」

「台南哪間陰廟最厲害？」

「你怎會問我？這種事情你才是專家呀！」

「我想聽聽妳的意見。」

「我只是賣水果的，怎會懂這些？比較不同產地的水果我反而在行。我覺得是城隍廟吧。你怎麼不去ptt問？」

巫眞一愣，「什麼來的？」

「就是網路上的論壇。」

「那種地方問不到眞的專家。」

老闆娘覺得巫眞要問的，是比他厲害的行家的意見。這種人她只認識巫眞和方圓兩個人。

不，還有一個。

「你問過闊門書店的店長嗎？他應該也算是你的同行。你以前認識他的。」

巫眞一臉茫然。「我全忘了。」

老闆娘嘆了口氣，這人失憶得亂七八糟，以後的路該怎樣走？眞是教人擔心。

「你沿這路走，走到公園路再轉右，見到孔廟時再問人。」

69

貝貝把一本本書抹乾淨後放進紫外線殺菌機的層架上，再關上門，按鈕啟動消毒程序。

這動作每天都會做上百遍，不只有人來賣書或把書買走時會做，他百無聊賴時也會做。

替書消毒容易，替人除魔困難。

魔，也包括心魔。幾乎每個人都有，視乎是怎樣的。

有時他覺得每做一遍，就會更淨化自己心靈。

他把卡爾維諾（Italo Calvino）的《分成兩半的子爵》和《如果在冬夜，一個旅人》從殺菌機取出來時，沒想到巫真就出現在店門口。

貝貝與巫真好久沒見，雖然知道他出了事，但想到方圓並不喜歡自己，所以沒有前往探望。

巫真的氣場好古怪，既有正，也有邪，挺符合傳聞中他失憶的狀況。

「台南哪間陰廟最厲害？」巫眞的語氣同樣古怪，裡面沒有感情，沒有要和自己親近，也對自己毫不憎恨，根本是對待陌生人的態度。

「你確定你問的是陰廟而不是陽廟？」貝貝剛說完，從巫眞的表情就讀出答案。

「五妃廟認第二，沒人敢認第一。」

「不是城隍廟嗎？」

「當然不是，即使城隍廟的廟宇建築格式比較偏向陰廟，沒有天井，也不會有陽光透進去，台階和窗櫺的數目都是代表陰數的偶數，但城隍爺只是掌管陰間之事，其實是擁有正式神格的神明，地藏王菩薩也一樣。陰廟供奉孤魂野鬼，也就是那些姑娘廟、大眾廟和萬應公廟之類，對象是以前因意外或械鬥而無人收拾的屍體。」

巫眞眼珠一轉，「五妃廟爲什麼最厲害？」

貝貝從來沒想過巫眞會問他這個問題，他以前所懂的東西恐怕都變成一張白紙。

「話說明亡，寧靖王退至台灣，墾田自食，幾十年後（1683），面對滿清大軍壓境，已無力抵抗，爲免落得被凌辱的下場，決定自盡。而追隨他多年的五個妃妾先他而去，相繼自縊身亡。寧靖王親自給她們殮葬，地點就在目前五妃廟的位置，當年名爲『五烈墓』。」

「墓園其後在清乾隆時經修葺，成爲墓園，後來在光緒年間和日治時都整修過，但五個妃子始終沒有提升爲神格。」

「五妃的墓塚與廟宇緊密相連，是台灣唯一墓廟合一的建築，成爲極爲厲害的陰廟，一直以來靈異傳說不斷。其實這裡以前屬於『臺南南山公墓』墓葬群，底下有一層層枯骨。也有里長希望市政府打掉圍牆好讓民眾更親近五妃廟，市政府回話說打掉可以，但底下的白骨就要里長自費處理，結果不了了之。」

這是巫眞第一次聽到五妃廟的故事。

「就去五妃廟吧！」他聽到一把聲音對他說。

他回頭，附近只有他和貝貝兩人，沒有其他人，也不難猜到是怎麼一回事。

「好。」巫眞簡短回答。「我就去五妃廟找她們幫忙。」

貝貝以爲聽錯，替人驅魔的巫眞反過來要找人驅魔有點笑話，但和他本人互動過後，覺得這傢伙眞的有這需要。

「巫眞，你去五妃廟幹嘛？」

巫眞瞪視貝貝，滿臉怒氣，走前丟下「你不要告訴方圓」的警告。

貝貝以爲自己改邪歸正後巫眞不會再這樣對自己說話。他愈想心裡愈覺得毛毛的。

這是他不認識的巫眞，是陌生的巫眞，甚至是個帶邪氣的巫眞。
正如醫生有時也是能醫不自醫，驅魔師何嘗不是一樣？

70

巫眞到圍牆外頭時，已感受到五妃廟溢出的氣場。跨進門，一邊走上階梯，一邊感受到濃烈的氣場從四面八方包圍他，甚至乎連腳底下也有氣冒上來。全都是純陰的，純度和濃度前所未見，遠勝堺市。台南第一陰廟之名當之無愧。

他興奮得很，就像黑幫電影裡的毒販嗅到上好的古柯鹼一樣。他需要這些古柯鹼，需要這些純陰的氣場。

「來五妃廟，你不會後悔的！」那把聲音又對他說。

他當然不會後悔，只後悔這麼遲才過來。

他沒來過五妃廟，沒想到內裡比在外頭看的大得多。其實五妃廟裡有個如公園般的廣闊空間，種滿了樹。

雖說關門時間是一個小時後的下午五點半，但微微細雨下，偌大的廟裡除了他，不見有其他人，只有幾隻貓身處不同地方。

他沿著水泥路走，才見到掛上「五妃廟」牌匾的中式古雅建築。

廟門上不是傳統廟宇的兩位門神，而是身著古裝的女性。

一副對聯寫的是「芳祠永傍城南路，玉骨長埋桂子山」，橫批「鼎湖龍去鳳群飛」。

他跨過廟門，進入大殿，就直接看到簡樸無華的壇。殿懸「名留青史」的牌匾。這裡有另一副對聯「王盡丹心妃盡節，地留青塚史留芳」。即使他對這些古老的玩意沒多大興趣，但也不得不讚這對內聯寫得工整。

壇桌上放了三盤水果和幾把梳子，不知是什麼意思，但他仍懷著敬意注視五妃像。

他在功德箱投了銅板，從旁取出五支香。

點香，下跪，閉目。

「袁氏，王氏，秀姑，梅姊和荷姊五位，我需要妳們的力量。只要幫我完成這件大事，我一定會好好回報妳們！」

他把香插進石香爐後，再向五妃像鞠躬。

只要五妃加持，一定水到渠成。

心誠則靈。

他很快已經想到怎樣利用這個陰廟布局。他要下一盤很大的棋。

他回過頭來時，發現他原來不是孤獨的。

廟外有另一個人，等著他。

那張臉他沒見過，但重點不是臉孔，那張臉會變換所以不可靠，但始終給他很不協調的感覺。如果那人混在人群中，就難以認出來。可是只有一個人，而且面對面的話，就逃不出他法眼。

「沒想到你會變成台灣人。」對方用純正的日語說：「但騙不了我。你的假面具到此為止。」

「你還不是一樣。」巫眞回以日語。

71

漢尼拔從巫真離開家時開始跟蹤，去過書店，再追到五妃廟。

漢尼拔並不是孤身上路，而是和三個夥伴同行。這個距離難不倒牠們。

巫真拐進五妃廟，漢尼拔等貓準備從正門追進去時，被駐廟的貓發現並攔截。對方很快就喚來十多二十隻貓，在數量和體力上壓過漢尼拔牠們，不讓牠們前進。

一隻黑貓從後昂首闊步出來。牠渾身黑色，只有眼珠四周是白毛，乍看就是一雙眼睛懸空行走。仔細留意，可以發現牠失去左耳耳殼，奇特的外觀符合牠渾身散發的粗獷個性，加上其他貓仰望牠的方式，是首領無疑。

「你們是什麼貓？」

「在下漢尼拔。我們只是跟蹤我們主人過來，沒有打算和你們搶地盤。」

「你們是巫真的貓？」

「正是。」

「可以進去，」首領朗聲道：「但只限一隻。」

一隻貓進去，說不定會被宰掉。黑道上的暗算層出不窮，但顧不得自己性命了。

漢尼拔望向同僚，不顧牠們的反對，獨自前行。

72

青年耳邊傳來風聲的低吟。

他和巫眞保持約三公尺的距離，但已經感受到對方的氣場逐漸增加，即使左手仍然被紮起。

「我知道你想幹什麼。你在打那個女生的主意，對嗎？不只因爲現在你控制不了這隻手，也因爲那女生漂亮。你想利用她的美色來幫你。」

巫眞沒有答話，但眼神透露內心正在盤算下一步的行動。

青年抽出木棍，準備衝過去攻擊巫眞時，發現廟裡的貓開始在他們兩人身邊聚集，牠們充滿敵意的目光集中到他身上。

他從來沒想過巫眞能發動牠們幫忙。

他左腳剛踏前一步，群貓就同時向他衝過來。

73

巫眞耳邊剛響起幾下爆炸聲，眼前就滿布白煙，隨之而來一陣他說不上的特異氣味，腳邊的那些貓全部抱頭四竄。

這玩意居然能帶來台灣，那傢伙還眞有點本事！

既然已經向五妃祈願，此地不宜久留。

巫眞無心戀戰，正想離開時，感到身體和手被一道繩子套在他腰間，把他綑縛起來。

巫眞右手手臂向外伸張，想用力把繩撐開，卻發現右手竟使不上力。

媽的，這不是尋常的繩子，而是施過法的！

巫眞不知對方接下來會用哪一招，自己太看輕這傢伙了。他要找棵樹或者找道牆作倚靠，以免身後空蕩蕩，沒有遮擋。

巫眞在白煙中邊摸索邊走，過了一陣，仍未找到倚靠，猛回頭，驚見那青年離自己一台機車的距離，右手執木棍，左手拿著張半條手臂長的白色紙張，上面像寫了些字，顯然是道符。只要貼在自己身上，再加上咒語，後果不堪設想。

巫眞愈掙扎，那繩子就愈緊。青年逐步逼近，巫眞只能節節後退，卻遲遲沒找到依靠。

就在巫眞徬徨無助時，發現身上的繩索居然鬆開了。他感到一股來歷不明的力量很快灌輸進體內。

不，那繩套鬆開不是偶然，那股力量也不是來歷不明。

五妃出手幫他。她們聽到他的請求。

他已經和這裡的力量結緣。

五妃廟變成了他的主場。

青年揮棍走近時，巫眞知道這是千載難逢的機會。對方沒料到他已鬆綁，所以才敢欺近。

巫眞在這電光石火間，轉守為攻，握起拳頭，擊向青年胸口。

那一拳速度之快，如流星，如疾風，如閃電，不只含有勁度，而且牽動自身和這裡的環境氣場，後者來自天，也來自地，這拳可說是結合天地人三界之力，雷霆萬鈞，是巫眞畢生功力之所聚，因此後發先至，即使青年反應過來，試圖用棍把巫眞的出拳擋去，仍慢了一步，左邊的胸口被實實在在打了一拳。

青年握符的左手手指鬆開，那道符被風捲走，不知去向。

巫眞準備再出拳時，青年身子向後飄去，想要紮穩馬步，卻幾乎站不穩，鞋在地上摩擦了幾步後才停下來。

「你剛才不是很囂張的嗎？」

巫眞挑釁地問，自信幾下已重創了對手。

青年仍握棍在手，揮動了後，竟然踏前數步，準備反擊，出乎巫眞意料之外。

中了這一拳，不死也重傷，怎可能反擊？

青年取出另一道符時，換巫眞不得不慌起來。

剛才的白煙已經把貓全部熏走。

剛才那一拳讓巫眞累得很，要回氣幾分鐘才能再出拳。

巫眞不禁向後退。

青年快手一揚，巫眞眼前又一陣白煙。

74

那兩個人講的話，站在外圍的漢尼拔一個字也聽不懂。

牠很少看到人類打架。畢竟是人類，落荒而逃的模樣果然和敗走的貓大大不同。貓不會爲了離開而生出一陣白煙。

牠聽不懂人類說的話，但看見巫眞擊退了敵人就高興得很。雖然氣氛很詭異，但結果最重要。

巫眞一洗頹風，勝利了，那個戰無不勝的巫眞回來了。

牠要把好消息告訴其他貓，也要告訴方圓，更要追蹤這人的下落，是以和同伴討論後，兵分三路，各自出發。

75

方圓回到家時，仍然反覆回想漢尼拔跟她說巫眞大發神威的話。

巫眞是不是很快就會好起來？又或者，他根本從一開始就沒有失憶，只是爲了某個不能公開的行動而進行僞裝，連自己女友也要騙過去？

不管是哪個可能，都讓方圓放下心頭大石。

家裡的貓似乎沒那麼緊張了。

她可以好好放心，也不去打擾他。

她發簡訊給小靜。「要不要一起去吃宵夜？」

「好呀！」小靜很快回答，「難得妳約我。有什麼好事嗎？」

「暫時不告訴妳。」

76

第二天剛破曉，譚伯就到台南運動公園遛狗。這是他每天早上都會做的固定行程，否則老譚就會用舌頭給他洗臉。

這天老譚剛進去公園，就一邊搖尾巴，一邊用力扯譚伯，帶他到一棵樹下。一個二十來歲的青年身穿黑衣瑟縮在樹後，身上沾滿草碎和細小泥塊，但沒有血跡，頭上沒有流血也沒有瘀傷。他注視著譚伯，眼神很疲累，但訴說頑強的生命力。

譚伯以前見過這情況。經驗告訴他說，打電話求援不一定是最好的選項，但他還是基於尊重對方而問：「要替你打電話報警嗎？」

青年沒答話，只是搖頭。

「你走得動嗎？」

也是搖頭。

譚伯見附近別無他人，動手把這個比自己矮上一個頭的青年扶回家。

養老譚這種運動量很大的狗，最大好處就是每天都要和牠一起跑步，所以身體機能沒衰退得那麼快。到底是誰幫誰，已經說不上來。

老譚神氣地走在兩人前面，彷彿要公告天下：本汪今天救了人，做了件大事。

77

在附近看到這一切的一隻社區貓，雖然把事情告訴其他貓，也傳遍大半個台南，可是這消息無法傳進人類的耳朵裡。

漢尼拔的團隊追不到這個青年，雖然公告台南的貓要找出他來，號召大家通報，但貓的訊息內容不只精準度比不上人類，就是傳播速度也遠遠及不上。

是以不少貓即使收到這兩條消息，但並沒有聯想到是同一件事。

78

方圓看著窗外的雨仍然下個不停，不知巫眞當下在做什麼。

他固然仍然沒有聯絡她，她也一樣，沒有上門探訪，沒有電話。

他會以爲自己人間蒸發了嗎？

這一來，爲什麼他不出於關心聯絡一下自己？

小靜一定會說這想法很矛盾，但這想法不是很合理嗎？

算了，他當下最需要的應該就是休息，等體能變好，再對付體內的惡魔。

而她，也一樣需要休息。

她想要調杯冰咖啡給自己時，電話響起。

「我們終於解鎖了妳的手機。」女黑客道。方圓對她凌亂的頭髮印象深刻。

「你們太厲害了。」

「不是我們，是我們找外國人做的。對方看到妳的照片後就願意幫忙。」

「他以爲會有我不能流出的照片嗎？」

「沒錯，我們也以爲有。」

「可惡，你們居然這樣想我？」方圓的耳根已經紅了起來。

「妳寧願這手機永遠被鎖、資料被洗掉，還是被誤會？說回正事，我們找到最重要的一點，巫眞在堺市的行程，特別在最後一天，他去了中仙寺。」

方圓對那地方毫無概念，巫眞也沒提過。「有什麼問題？」

「那是妳的領域，我們這些電腦宅怎會懂？」

79

掛線後，方圓坐在電腦前，發動全面搜尋。

這個中仙寺全名是金宝山光明院「中仙寺」，宗派是「融通念佛宗」，本尊爲阿彌陀如來。開祖是良忍上人（1073－1132）。至今接近一千年歷史。

方圓倒抽一口涼氣。台南的歷史建築全部要靠邊站。

整個寺院藏有九尊重要佛像，一尊石造的地藏菩薩坐像（室町時代一四三二年），其他都是木造，七尊來自江戶時代（1603－1868），有一尊「牛頭天王坐像」來自平安時代（794－1185）後期，於昭和47年3月31日獲大阪府指定爲「有形文化財」，應該是最重要的藏品。

牛頭天王是佛像嗎？方圓很疑惑，沒關係，她繼續找資料。

這尊佛像高59公分，盤膝而坐，三面四臂，原本放置在八坂神社，是在明治時的「神佛分離」期間移送到中仙寺這邊來。

八坂神社方圓當然知道。京都三大祭之一的祇園祭就是由八坂神社出發。

她發現八坂神社在難波有一間分社，名字就叫難波八坂神社，隱藏在巷弄裡，遊人數量出奇地多，理由在於奉納舞台的外型是個約三層樓大的獅子頭。那雙瞪著遊人的眼睛比人還要大，雖然說不出所以然來，但和她在網路上見過的鳥居在海裡的嚴島神社、有瀑布的熊野那智大社、養了無數馴鹿的春日大社，和擁有無數鳥居的伏見稻荷大社感覺很不一樣。

八坂神社到底是怎麼一回事？

她爬文愈爬愈多，愈爬愈心驚膽跳。

八坂神社創立於六五六年，原本叫祇園社，祭神是包括素戔嗚尊在內的一眾神明。這是日本傳說中的人物，是天照大神之弟。

公元六世紀佛教傳入日本時，日本人試圖將佛教和神道教結合，是為「神佛習合」，佛寺旁邊建神社，神社旁建佛寺，平常不過。而源自印度的牛頭天王和神道教的素戔嗚尊結合，成為「祇園大明神」。

在平安時代的八六九年，京都爆發瘟疫，當地人舉行御靈會，向牛頭天王祈願驅瘟疫成功後，祇園社香火更鼎盛，御靈會從此成為祭典。

這故事有另一個版本：牛頭天王外出借宿，如果不收容他的話，就會被瘟疫找上門，反之則平安度過。

這簡直和勒索沒有兩樣呀！是向惡勢力低頭！

後來慶應年間的一八六八年，政府頒下神佛分離的政策，祇園社祭神「祇園大明神」的原牛頭天王被移除，民眾獨尊素戔嗚尊。

其後祇園社遭到廢寺，改爲八坂神社，並把其中一尊像移送到中仙寺，就是牛頭天王坐像。

在「祇園信仰」的維基條目裡，直接說明牛頭天王是「御靈信仰」。

「御靈信仰」的中文翻譯，意思就是「孤魂信仰」，也就是好兄弟。

換句話說，牛頭天王本質上是邪神。把邪靈當成正神來拜，是日本御靈文化的一部分。日本人並不像台灣人般對陰廟有所避忌。

而巫眞出事的地點就在收藏這尊牛頭天王像的中仙寺。

這寺不是陰廟，但牛頭天王不是善男信女。如果巫眞知道這些淵源，一定不會過去。他去幹什麼?他很有可能是被人騙過去的。

如果對方要借助陰界的法力對付他，一切都說得通。

方圓愈想愈心驚膽跳。整件事根本是一個局。

巫眞乖乖留在台灣就好了，爲什麼要跑去人家的國家？他們根本不懂人家的文化，那是另一套體系。

有人利用巫眞的無知去暗算他。

方圓馬上打視訊電話給在浪速大學做交換生的同學，詢問調查進度，特別是那個周育麟的下落。

對方道：「巫眞出意外時，那人就倒在巫眞身邊，妳知道嗎？」

「也許有人對我說過，但我一點印象也沒有。」

「這人被發現時已經死了，但沒有他殺跡象，也沒有可疑處。警方在向法庭申請調閱這人的醫療記錄，懷疑他患了重病，說不定是絕症。醫院以隱私爲由不願意透露。妳知道日本人多重視隱私，他們連用手機刷卡也不接受，寧願用現金——」

「他不是死於重病，也不是絕症。」

「妳怎知道？」

「直覺。」

方圓沒說的是，那人的死因應該無法用科學去解釋。

80

青年眞正清醒過來是在昏睡二十四小時後，被胸腔內的陣痛弄醒，是日前打鬥受傷造成的。

他的膝蓋關節也隱隱作痛，那是舊患。

他想到的第一件事，是慶幸自己沒事做時就研究台南地圖，也會到處走到處看。愈熟悉台南的環境，對自己愈有利。果然，在迷迷糊糊間，他居然能逃到離五妃廟幾個街口外的台南運動公園。左手邊的運動場館太光亮不安全，他逃進右手邊的樹林裡。

他倒下來後，再次睜開眼就置身這個陌生的房間。

那套黑衣用衣架好好掛在床旁邊。他一看就明白當下的處境非常安全。

房間裡的衣櫃、桌子、燈飾和他自己睡的床都是很舊的款式，透露主人的年齡。

房間位於二樓，窗口沒有窗花，他可以輕易從這位置跳下去而絲毫無損，如果他沒有腿傷的話。他現在再跳，著地時肯定把膝蓋關節弄得更傷和更痛，要更久才可以復元。

他的隨身小背包放在桌子上，有人打開來看過。他忍痛爬出床，檢查裡面的物品，手機、錢包和護照仍在，但他的身分已暴露。

可是沒警察來上門，表示收留他的人替他保密。他估計可以暫時再逗留幾天。

不過，窗外對面的透天厝上有隻流浪貓的眼睛對著他。

那是巫眞的貓嗎？看來不像，牠沒有項圈，毛也很髒。

流浪貓是無聊的動物，不值得他費神。他的肚子很餓，要先去好好找地方吃飯。

轉過身，準備離開房間時，他聽到桌子發出很輕的聲響。只是一聲，換了別人也許聽不到，可是他的耳朵何等靈敏，這一聲怎也瞞不著。

他猛然回頭，發現剛才那貓站在桌子上，雙眼直勾勾地看著他，其中一隻爪子伸進他的小背包裡。

——媽的，這小畜生在翻我的東西！

他回去要搶救小背包時，那貓快速叼起他的護照，再奔回窗口，然後頭也不回跳到街上。

——牠怎會知道要偷護照？這根本是間諜呀！

他忍痛追到窗邊，已經見不到那貓的蹤影。
其實就算見到，以他的傷勢也無法追上去。

81

貓早就覺得那背包有古怪，但不敢隨便打開，怕裡面會有古怪的東西襲擊牠。牠和同伴以前闖入人類房子時，其中一個被不知什麼夾住，最後逃不掉也沒再回來。

等到看見男人打開背包沒事後，牠就放心了。

牠趁那人離開後，把裡面那個最輕的物件叼出來，馬上逃離現場。

巫眞的貓說無論如何要把屬於這人的東西交給牠們。

貓不知道這物品要經過多少隻貓的口傳遞才能交到巫眞的貓手上，但只要先把物品交給老大。老大自有牠的方法。

82

方圓準備洗澡時，手機響起。

「我在學校裡，撞到闊門書店的老闆貝貝，他到處問妳的手機號碼。」小靜道：「放心，沒人給他，但他說有很緊要的事要親口告訴妳。」

「叫他找巫眞吧！」

「他要說的就是巫眞的事情！」

「我不會再中計。」

方圓不喜歡貝貝那傢伙。他們那家書店怪裡怪氣，裡面的人都不是好東西。

「我也這麼想，所以就說我們來個三人會議好了，他不介意我在聽。」

方圓同意，聽到貝貝說「喂」時，她只好忍著不講髒話。

「巫眞剛才來書店問我台南最厲害的陰廟是哪一間。」

方圓覺得莫名其妙，巫眞要去陰廟幹嘛？

「你怎答他？」

「我告訴他說是五妃廟。」

「你要告訴我的就是這事？」

「不，還有另一件事，他離開前特別叫我千萬不要跟妳說。」

這句話才眞正教她不安。

「那你爲什麼要告訴我？」

「不跟妳說，我會良心不安。」

「你是爲了減少罪惡感所以把不安拋給我嗎？」

「我沒這意思，好了，妳自己小心。」

方圓斷線後，覺得這通電話眞是好大的衝擊。

本來她以爲巫眞的情況好轉，沒想到完全相反。他比自己想像的更糟。

先是堺市的中仙寺，再來是五妃廟。巫眞想幹什麼？

巫眞不會想要去五妃廟祈願，希望自己好回來吧？那太神經病了！

雖說陰廟較靈驗，但要還卻是更不容易，就像地下錢莊般可能是無底深潭。一般人也許會糊塗，可是巫眞……他這樣子可能也是一時糊塗，或可能眞的是走投無路。

如果巫眞不再堅持，那自己堅持下去的理由是什麼？

五妃廟是台南無人不知的陰廟，堪稱陰廟中的陰廟，裡面除了是廟，還是墓，除了連在廟後面的五妃墓，還有腳底下一層又一層的亂葬崗。

可以說，整個五妃廟壓根就是一個巨大的墓地。有些陰廟可以令人慕名而去夜訪探險，五妃廟卻令人打消這念頭。

師父說過，以她的特殊體質，很容易招惹到東西，所以連白天也不要靠近陰廟。巫眞也一樣呀！

但爲了巫眞，她一定要去五妃廟找他。

83

方圓家裡的四隻貓雖然聽不懂人話，也不知道手機的用途，但會留意人類講電話，盯著他們表情的變化，聆聽聲音的高低起落，也就是研究眉頭眼額。

方圓這幾天放鬆了不少，但今天她不知和誰講話後，看來心情又變差。

四隻貓在她講電話時隨著她心情起伏同樣變得不安，也互相交換眼神。

當方圓出門時，小組的首領隆美爾打眼色，下令全體跟著出動。

牠們隱隱覺得駐守在方圓家多時，就是爲了這一天。

84

貝貝放下手機時，手仍然發抖。

剛才方圓有一點說錯了，他並不是把不安轉移到她身上，他仍然被不安籠罩。

那股不安巨大到外人難以想像。

二手書店的門已經關上，沒人會再進來。

書店裡只剩下他和巫眞。

巫眞一臉猙獰，完全一副著魔的容貌，身上散發強大的妖異氣場。

攤在地上的十多本書，就是貝貝剛才一句「你說什麼？」後，巫眞把一層書架上全部書掃下來的傑作。

貝貝很迷惑。上次巫眞警告他不要聯絡方圓，他聽話，結果幾天後，巫眞凶神惡煞來到，叫他打電話通知方圓。

打完電話後，貝貝才明白，上次巫眞故意叫他不要聯絡，其實是打心理戰，希望他向方圓告密，沒想到他竟然信守承諾，所以才回來叫他假裝向方圓爆料。

「你不要再和方圓聯絡，不然我不會放過你！」

貝貝點頭。

巫眞當然不是失憶，只是變成了另一個人。

貝貝從來沒想過巫眞會成爲惡霸，更沒想到他這次要對付的，是方圓。

85

陽平和老人對著坐，但心思很不平靜。

他的護照掉了，但不打緊，可以向日本台灣交流協會補領，只是麻煩。

糟糕的是，他被人發現了自己的身分。姓名、出生日期、住址、證件號碼等個人資料。

對忍者來說，洩露個人資料比脫光光更慘。

但就算脫光了，也只是尷尬，並沒有犯罪。他看過一部叫《凜冬烈火》（*Winter on Fire*）的紀錄片，烏克蘭人爭取自由的大型社會衝突的二〇一三至一四年期間，政府出盡武力鎮壓爭取自由的民眾，有個示威者被警察命令脫光衣服，連下體也暴露出來，但仍挺起胸膛毫不示弱，是個錚錚好漢。

——感到羞恥的不應該是那個示威者，而是羞辱他的人。

此刻陽平希望自己就像那個示威者。

老人沒有問長問短，這反而令他更不安。

老人肯定看過他的護照，說不定也拍了照片，留他在這裡，也許只是在拖延他，讓他坐著等大軍來對付自己。

「要我替你聯絡日本台灣交流協會嗎？」沉默多時的老人終於開口。

「暫時不用了，謝謝。」陽平邊點頭邊答。他會自己聯絡，不麻煩人。「你怎會覺得我會講漢語？」

「你不像一般遊客。」

陽平傻笑，自以爲精心喬裝，但其實連一個老人也騙不過。

「你沒話要說嗎？」老人又問。

「沒有。」

「沒話要說，或者不想說？」

「說了你也不會信。」

「你不說怎會知道我不信？」

「那事太荒謬了。」

「你還沒說就覺得我不信，這態度就很荒謬。」老人推眼鏡。「台灣發生過的荒謬事多著呢！你是日本人應該沒聽過白色恐怖時期。那時我還是中學生，有天一個比我大上好幾年的大學生爲逃避追捕而在學校一個課室裡躲起來。那大學生眉清目秀，受傷不輕，但送他去醫院等於送他去死。我找了幾個同學，合力把他抬去最近的同學家，再聯絡一個信得過的醫科生上門應診，給那大學生醫治。那人怎也不肯報出自己的眞名實姓，只說自己姓施，應該也是假的。十幾天後，那大學生不動聲息離開，只留下一張紙條謝謝我們，後來再也沒有出現。」

「我以爲那人會回來找你報恩，或者成爲在台灣政治上舉足輕重的大人物。」

「沒有呀！在政治運動裡，很多人都是默默無聞。我沒想到到耄耋之年又會遇上這種事。不過嘛，歷史總是以不同的面貌重新出現。即使解嚴多時，仍要愼防開歷史倒車。」老人瞇起眼。「我說了我的故事，換你了。」

86

那本護照經過老大後，再經過三隻貓的接力傳送，終於送到巫眞的貓手上。

阿基米德取這名字，因爲牠是隻喜歡思考的貓，很多想法都是在奔跑中想到。巫眞說，那個叫阿基米德的人，是在浴盆裡發現浮沉的原理。而不管巫眞解釋多少次，阿基米德貓也無法理解那個原理到底是什麼。

雖然這次行動缺少了巫眞，群貓無法和方圓直接溝通，不過，只要把物件交到方圓手上，她就會知道是怎麼一回事，也可以從反方向找到目標人物所在。

阿基米德找到下一隻貓，物品要再經過兩到三隻貓才能交到方圓手上，視乎她所在的位置。

群貓把台南劃分爲不同區域，每個區域由兩隻貓負責和當區的貓聯絡，當區貓有牠們的協調方式。這是以前巫眞編排的布陣方法，是個強大的貓際網路。

可是消息傳過來說方圓可能去找巫眞，不知道她正跑往什麼方向。

阿基米德覺得這很不妙，巫眞這幾天的行蹤都在牠們掌握之中，他去了間很古怪的廟宇。方圓去找他，很容易惹上麻煩。

如果方圓遇到麻煩，牠們貓族固然不會坐視不理，但貓始終是貓，有些事情始終幫不上忙，須要向人類求助。

以前牠們就是找巫眞和方圓幫忙，可是當兩人自身難保時，可以找誰？

阿基米德想起拿破崙的網路除了跟蹤巫眞和方圓外，還有另外一個人值得信任。

而那人剛好就在附近。

87

小靜和一個曖昧中的男生在吃夜市牛排時，發現一隻叼著不知什麼東西的貓走近，坐在自己旁邊，抬頭仰望她。

「我以爲狗才會這樣。」男生想伸手去摸貓頭，不料那貓伸出右爪用力從上至下快速抓了一下。

「我不是老鼠呀！」男生大呼好險，幸好縮得及時，否則手背上會被留下幾道血痕。

小靜無法認出這是不是巫眞的貓。他的貓太多了，就是留在方圓家的幾隻她也無法全部認出，即使她拍過照片，但那幾隻的外貌和社區裡的流浪貓似乎差別不大。她只聽過人臉辨識，貓臉辨識的技術應該尚未面世，恐怕沒這市場需要。

她從貓口取出那東西，赫然是本日本護照。

她和男生面面相覷，翻看護照的個人資料頁。

「妳認識他？」男生狐疑地問。

「我怎會有日本朋友？就算有，也不是這種呆頭呆腦的貨色！」

「可是這貓拿東西給妳，不會沒有原因吧？」

「我怎知道？」

那貓伸爪抓她鞋子，像有話要對她說。

「我不懂貓語呀！」小靜彎下身對貓咪說。除了巫眞的貓，沒有其他貓會做這樣的事。

「牠會不會像狗般要帶妳去別的地方？」

「去哪裡？」

「也許是找這個人，可是，這個太像詐騙了吧！這人妳根本不認識。」

「只有一個朋友才會用這種方法來找我，說不定她就在這男人手上。我寧願冒著被人家騙的可能，也不能見死不救。」

88

阿基米德不知道這男人和女人到底在說什麼，但他們願意跟牠走就夠了。

帶這一男一女不是去找方圓，而是找早前被巫眞打走的那個黑衣人。他對付這個模樣的巫眞，不見得是壞人和敵人，也許是個好人，只因貓不懂人語，才會覺得他是壞人。

憑牠剛才的觀察，這一男一女只是尋常不過的人物，不像有什麼戰鬥力，但加上黑衣人，再和方圓聯手，這支雜牌軍也許可以用人多，把巫眞壓著。

不過，走了一陣路後，牠發現現在已經沒時間去找那黑衣人，方圓形勢非常危險，拖得愈久愈不妙。

路上愈來愈多貓加入他們。

這是巫眞的戰役，也是貓的戰役。

89

方圓來到五妃廟時，早就過了開放時間。

即使站在外頭，已感受到陰風不只陣陣，而是非常狂野，給她帶來一陣雞皮疙瘩，頸後不由得感到一陣彷如電流通過的癢感。

這裡氣場非常強大，方圓覺得原因有三：一，五妃廟是全國前幾名的厲害陰廟；二，月圓之夜，陰氣重；三，雷電交加，妖氣澎湃。

換了在以前，巫貞絕不敢空手而來，而會帶上天命劍。

可是方圓兩手空空，難道拿天命劍劈巫貞嗎？

五妃廟的大門不知被誰打開。

方圓跨過大門門檻上了階梯後，見到十多隻貓，等眼睛適應裡面微弱的燈光時，又再見到十至二十隻，那些貓以深沉的毛色居多，在夜色裡，像一個個隆起的小土丘，又像一架架披上草皮作掩護的坦克，多得根本數不清。

巫貞站在壇前，背著她，好像在拜祭。

他的左手已經不再被紮起，似乎已回復自由。

方圓很想走過去，可是覺得要和這個巫真保持距離。到底他已經變成陌生的男友，或者一個曾經親密的陌生人，已經很難說得準。

「你來這裡做什麼？」她問。

巫真隔了一陣才回過身來，詭異地答：「我在等人，一個很重要的人。」

方圓直到這時才發現自己身陷局中，「你想做什麼？我已經沒有氣場也沒有異能。」

「我知道。我需要的，就只是妳的人。」

90

夜色降臨，烏雲蓋頂。

除了無法上戰場的幼貓和誓死守護牠們的黑白無常外，巫眞家的貓傾巢而出。

這次是巫家軍前所未有的總攻擊。

大軍沿著長長的南門路推進，追到五妃廟，卻發現不對頭。

牠們本來以爲只要數量多，巫眞別說傷害方圓，根本連接近她也不可能。

可是牠們低估了巫眞。

方圓有幫手，他也有。

和牠們敵對的貓數量一點也不少，少說有近百隻，包括一些和巫家軍結過梁子的貓。

這些廟宇平日就有護廟貓鎮守，巫家的貓無法進去。

巫家軍戰鬥力雖強，但並不熟悉這裡環境。

敵軍利用夜色的掩護，撤退回五妃廟裡，讓巫家軍更無法洞悉數量和布陣。到底那隻駐守在左路的貓是孤軍作戰？或者是引牠們攻擊最弱方位的餌，以便背後的大軍上前圍剿？

巫家軍沒有特定頭目，只要上戰場，每支貓小隊都會自訂作戰計畫，小隊之間再協調，有時甚至不會協調，各自行動，打起仗來如流水行雲，來無蹤去無影，可以瞬間凝聚，也可以瞬間撤退，如水般澎湃，無堅不摧，也如水般隨意變形，難以受損，令其他貓社團聞風喪膽。

但若要夜戰，在一個陌生的戰場，特別是圍城戰，卻是另一回事。對貓來說，五妃廟是一座不折不扣的高牆城池。

微風吹上拿破崙的臉，牠說：「現在開戰，是在錯誤的時間，錯誤的戰場。」

「可是方圓就在裡面，和那個我們已不熟悉的巫眞在一起，」成吉思汗道：「已經再三確認過。」

其他貓紛紛點頭。

「我們住在巫眞家，不是只爲了吃喝玩樂。」拿破崙道：「巫眞已經變成我們不認識的巫眞，方圓要是再出了事，我們巫家軍也沒有留下來的必要。」

「爲了保護方圓，我不介意戰死。」亞歷山大道。

「戰死比飽死來得光榮。」隆美爾深表認同。牠雖然剛符合加入巫家軍的資格，但戰意很高，戰鬥力也驚人。「貓總有一死，能爲信念犧牲，死而無憾。」

在沒有貓反對下，巫家軍決定全面進攻，即使凶險萬分，也要戰至最後一貓才罷休。

巫家軍布下戰陣。四隻貓合成一個戰鬥群，各守前後左右四個方位。一共組成二十個方陣，方陣之間相距不遠，彼此照應，徐徐前進。

這是巫眞以前教牠們的陣法，來自以前的騎兵陣。

只是牠們萬萬沒想到會用這陣法反過來攻打巫眞。

91

老人在等待陽平的故事。

陽平腦袋裡雖然藏了數量龐大的歷史資料，但從來沒向外人透露過。

到底要不要全盤道出，他猶豫了一陣。

如果不說，以後就要繼續單打獨鬥，就像他的師父、他師父的師父、師父的師父的師父等祖師爺一樣，根本鬥不過狡猾多變的對手，結果幾百年來都被他逃脫甚至打傷。

陽平向老人討了罐Asahi，一口氣喝了一大半才開口。

「這故事要從我們日本的戰國時代（1467－1590年）談起。那時忍者備受重用，擔任偷聽、盜竊、臥底、刺殺等任務。我們甲賀派當時有位本領高強的忍者百舌，獲織田信長派到明智光秀身邊做臥底。信長和光秀雖然是主僕關係，但信長經常羞辱光秀。這些你聽過嗎？」

「我只知道光秀有天作反，帶兵圍攻在本能寺的信長，逼得信長放火燒本能寺自殺，史稱『本能寺之變』。」

「對，但那只是歷史書上的記載，實際上並不是那一回事，在『本能寺之變』前一個月，信長下指令給百舌，要把明智光秀殺掉。百舌沒動手，反而去想，信長老把看不順眼的人殺掉，統一天下後會做什麼？一是只能重用他們這些忍者，或者為避免他們壯大，而把他們殺掉，也就是過河拆橋。信長曾滅佛，做事很極端，什麼也做得出來。」

「原來是百舌殺了光秀，再假扮光秀去攻信長。」

「不，百舌還拿不定主意時，其他忍者就搶先一步把光秀殺掉，百舌這時已經沒有退路，只能和大伙一起反攻信長，逼信長自殺。這伙人其後被秀吉攻打到落花流水，只好用新身分加入秀吉的陣營避鋒頭。到關原之戰時，百舌又倒戈加入石田三成的陣營，最後一敗塗地，想要潛伏到德川家康的大軍時，被昔日的忍者同僚發現，把他殺死。」

老人本來很仔細聽，但臉上慢慢浮起一頭霧水的表情。

「以上名字你可能不熟，」陽平說：「簡單來說，百舌每次做選擇都站錯邊，最後暴屍荒野，即使有人替他埋骨，但成為怨靈，和不知什麼妖物結合。幾百年來，他從一個人附到另一個人身上存活，向他的仇家報復。即使換成不同的人，但勒死人的繩結打法一樣。那時我們就是這樣追蹤他。後來社會進步，他就不再用這種方式殺人，而是製造意外，幸好，他這種附體需要很大的環境氣場才能轉換身分，只能在特定的場域發生，所以我們才能一直追蹤。我已經追蹤到台南來，本來可以把他解決，但仍敗下陣來。」

老人半晌後才道：「竟然有這樣的事！」

「我就說過，這事令人難以置信。我的祖師爺是信長公的侍從。信長公在本能寺之變裡死因未明。對我們這些人來說，即使主公死了也不會放棄，誓要挖出眞相來。他們當時分散各路人馬去跟蹤相關人物，包括秀吉、家康等，甚至天皇，潛伏在他們身邊，過了很多年後才還原眞相。」

「你們本領還挺大的嘛！」

「可惜我們不玩政治，不懂得玩，也不屑去玩。我們只是忍者，是爲主公服務。如果沒人僱用，我們就會失業，沒有收入來源。」

「你們不是懂得忍術嗎？那也算是本領呀！」

「可是忍術已經愈來愈無用武之地。我們組織的人愈來愈少，自平成開始，只剩下一個忍者，也就是我師父，他傳了給我後，我就是最後一個。」

陽平把剩下的Asahi一飲而盡。

老人沉吟半刻，「不要氣餒，那東西雖然活了幾百年，但其實是苟且偷生，反而信長在本能寺死了，至今仍然沒被遺忘。」

92

巫家軍最前面三個方陣，分別由成吉思汗、亞歷山大和拿破崙領軍。

巫家軍不會送經驗不足的貓上前做敢死隊，每一隻貓的性命都珍貴無比。最前線的，就是戰鬥力最強的一批，撤退時，牠們也要掩護後方的大軍。

牠們不確定敵軍是否也一樣把最強的部隊置前，但兩軍一交戰就沒有留力。

敵軍十多隻貓同時攻擊成吉思汗的方陣，教牠們疲於應付，巫家軍前方兩個方陣上前助陣，卻被敵軍隔開。

拿破崙看出對方的戰術和自己一樣：集中火力，逐一擊破。

換了是別家的貓，一定會各自逃開，然而，成吉思汗的方陣不是浪得虛名。四隻貓摸清形勢後，各自鎮守四個方位，兵來將擋，水來土掩。

牠們出爪很快，十多隻敵貓不但無法傷害牠們分毫，反而一半以上被抓傷，甚至脫毛。

這十多隻貓無心戀戰，只好撤退。

巫家軍前線三個方陣的貓均想，方圓就在前面，只要衝過去就可以救她，於是加快腳步，結合其他七個方陣，準備衝過去。牠們沒有餘裕細想。

五妃廟這座城池有道門，而門後往往有埋伏，任何作戰經驗豐富的將領都不會穿過這些門，寧願取道高牆牆頂，當然，同樣有極大風險。你只是賭對方的大軍剛好不在那道牆後面。

成吉思汗挾著餘威，率領方陣的戰友三步當兩步衝上去。

牠剛攀過高牆，就發現高牆頂後面伏了幾隻手腳粗壯的大貓。牠們不怕成吉思汗的利爪，向牠撞過去。成吉思汗在半空中無法閃躲，只能被硬生生撞向牆後面的地上。那個位置聚集了十多隻貓，每隻都舉起前肢，上面的爪是尋常貓至少三倍長。

那根本是一個爪陣，誰掉下去必受重傷。

成吉思汗無法倖免，掉下來時雖然已快速移動，但仍避不過超過十隻貓爪向自己襲來。前足及背部馬上被劃破見紅。

牠後悔自己的毛髮不夠濃厚，否則可擋得了一些。這些貓勢凶且狠。以牠們數量之多，自己根本無法孤身作戰，能全身而退已是萬幸。牠裝作向前衝，引起牠們聚往那方向時，急速往後退，但後面仍是貓山貓海，不給牠半點喘息空間，讓牠連跳起也不行。

成吉思汗不管怎麼走，也無法脫離一層層的貓圈。敵人的數量太龐大。牠在思索怎樣突破時，一道冷鋒劃過自己的喉嚨……

牠看到群貓襲向自己，但已漸漸無力抵抗，也感受不到痛楚。

原來，這……就……是……離……開……世……界……的……方……式。

巫眞以前曾經分享過一個作家對人生的看法：世界先加上你，然後再減去你。

牠倒在地上，留下最後的姿勢是仰頭注視夜空。

天幕不見星星，也不見月亮。全都隱沒在厚厚的雲層後面。

巫家軍到底能不能取勝？巫眞會否恢復？方圓能否脫險？全在牠看不到的未來。

那個未來已經沒有自己。

最後盤旋在牠腦海裡的事情，就是給同伴送上祝福，希望牠們能完成牠的遺志。

93

雲層深處響起了一道閃電。

幾秒後，震耳欲聾的雷聲才襲來。

方圓以前不怕雷電，那時她和巫眞都有異能，閃電帶來的能量能瞬間提升他倆的氣場。

可是，當她失去氣場，而巫眞氣場卻增強，而且站在她的對立面時，情況就不一樣了。

她奇怪自己的氣場爲什麼沒有回來。

難道上天不再眷顧她、遺棄了她嗎？

不，她覺得有別的東西回到她身上。

她突然感到一陣暈眩。

然後——

安平樹屋的樹妖、天書裡的字鬼、台南車站的日本夫婦等記憶，在一瞬間紛至沓來。

差不多一年前，她親身經歷類似的情景。晚上。安平樹屋。樹妖揮舞樹根，如海浪般包圍巫眞和她。那天她以爲會死掉。

她繼而想起被字鬼附體時，她被囚禁在自己的軀殼裡，身體不由自主做她不願做的事。

還有台南車站——

全部記憶都回來了，一點一滴，連細節也一清二楚。

她終於記起和巫眞的生活點滴，可是卻失去了巫眞。

記憶和巫眞，應該選哪一個？

可不可以交換？她寧願失憶，好讓巫眞留在自己身邊。

不，她教自己冷靜下來。

只有這樣比較，才能看清眼前的巫眞，即使宣稱失憶，卻肯定是謊言。

巫眞在樹屋時絕不佔她便宜。

面對字鬼時也一樣。

台南車站事件時和自己並肩作戰。

不管他失憶與否，都不會對付自己，這都有違他善良和對正義執著的本性。

「我看穿了你的把戲，你根本不是巫眞。你去了日本，不，是巫眞去了堺市後，回來就變成了另一個人，也許，我該說，回來的是另一個人。巫眞被封印在手臂裡。這不是左手失控，而是反過來，渾身上下只剩下左手仍屬於他自己。現在控制這個身體的你，是他去日本時附在他體上的不知什麼鬼怪。巫眞遠赴日本，根本就是一個局，你騙他過去，再轉移到他身上，來到台灣。」

她的推想應該距離眞相很近，可是無法改變眼前的劣勢。

「巫眞」舉起左手，注視五根靈活運作的手指，笑了出來。

方圓卻幾乎哭出來。

那個頑強負隅抵抗的巫眞終於煙消雲散。方圓僅餘的希望已經破碎。

一陣雷電交加，她覺得一陣外力從四面八方向她壓下來，不是一拳一腳那種，而是像游泳時被水覆蓋全身，而她不斷往下沉，感受到的水壓愈來愈大。

這是五妃廟氣場的強大力量，而她竟無力抵抗。

94

戰陣裡不時傳出貓的慘叫聲。

附近居民認爲這是野貓之間的戰爭，並不打算插手。

這些貓自己打死就好了，反正不會惹到人類世界。

成吉思汗不是唯一遇害的巫家貓咪，牠和拿破崙的方陣總共八隻慘被屠戮。

拿破崙深知自己這次無法逃出生天，也沒想逃，這輩子殺生不少，現在是償命的時候。

牠在失去性命前，用盡全身力量衝向一隻貓，把利爪刺進牠肚裡，要牠陪葬。

你們也要死一隻才打平呀！

95

「巫眞」先是沉著臉，過了一陣才笑出來，不過，這笑容對方圓來說卻是極其陌生。

這表示方圓猜對了，即使細節仍然有待塡補。

當下失去戰鬥力的她，唯一能做的，就是逃命。

可是，等她回過頭來時，發現她所有退路都被凶神惡煞的貓守著。牠們一個個弓起背，身上的毛都豎起來。她只在對付字鬼的貓大軍時見過類似的場面。

即使只是貓，也不是沒有打倒人類的能力，即使體型稍小，牠們和獅子老虎獵豹的凶狠度相同，只要數量龐大，要把她撕開綽綽有餘。

「巫眞」向她逐步逼近。身上的氣場和一直以來的陽光正氣不一樣，散發陰邪的妖異，眼神也愈看愈詭異。

巫眞走近方圓觸手可及的範圍裡時，方圓把手探進衣裡，抽出防狼噴霧。

這招對她一直以來要應付的妖魔鬼怪都無效，但對人有效。

她的手剛揚起，還沒來得及瞄準「巫眞」，她已感受到一道如牆堅硬的力場迎面而來，把她撞倒在地上。

「巫眞」快速掩至，左右兩手合作無間快速把她的身子反過來，面朝地背朝天，再坐在她背上，讓她無法動彈。

「放開我！」

「不要反抗！我有很多花招要對付妳，很快就完成。」

完成什麼？不管什麼都不是好事！她大驚。

方圓試過用手撐起身體，可是根本不行。

如果只是比拚氣場，她和以前的巫眞也許不相上下，但單純比拚力氣，她無論怎樣也必敗無疑。

「我可以把妳的臉蛋在地面上磨擦，不只磨爛妳的臉蛋，也把妳的牙敲爛，或者把妳的手腕順時針扭轉一百八十度！或者妳想逆時針扭？」

她努力掙扎，被「巫眞」抽起她的頭髮往後拉，就在她以爲她的脖子或背脊骨會斷掉時，被從後狠狠甩了兩個耳光，一股熱力很快從臉上散開，令她渾身發熱。

「巫眞」果然打她了，她也無法反抗，金婆婆的預言實現了。

「放過我。你想幹什麼？」

她倒在地上，手腳無法撐起身體，也無法回頭，但感到巫真的手再壓在她脖子上時，釋放一道時冷時熱的能量，從她的脖子擴散。一股壓力隨之而來。

「什麼聰明機靈，還不過是個小女生。」

被他壓在下面的方圓，命運和身體同樣動彈不得，不由自己作主。

「放過我。你想幹什麼？」

「巫眞」不只用力壓著方圓，也用另一種力量把她的靈魂壓下去。

「變成妳。」

96

巫家軍前線遭敵軍集中火力下重手攻擊。

敵人採用斬首戰略，希望後方的大軍群貓無首，但巫家軍一向是多頭馬車，前仆後繼，即使斷頭，仍能繼續作戰。

不同的是，巫家軍征戰多時，從來沒遇過一場仗從一開始就傷亡慘重，只因牠們從來不打沒有把握的仗，必定搜集了情報，勘察了地形，做了分析及部署才行動。

這次例外，是爲了盡快把方圓救出險境。

空氣瀰漫血腥的味道。

大伙都知道，這味道也許會隨夜色更深而變得更濃稠。

97

對「巫眞」來說，這個叫巫眞的人是個住在破巷裡的年輕人，以捉妖驅魔維生，這輩子也會一直做這種高風險但不討好的工作。

方圓卻不一樣。她仍是大學生，畢業後可以找到更大的發展空間，不只可以離開台南，甚至離開台灣前往其他國家。

以她的美貌，要找一個大戶人家嫁進去成爲少奶奶不但不困難，反而理所當然。

他希望過這種人生，也自信可以過這種人生。

他要佔據方圓的身體，變成「方圓」，就像現在他變成「巫眞」一樣。

巫眞的靈魂本應在被他佔據後，消失得無影無蹤，身體的控制權由他全權掌握，幾百年來都如是，不料這次情況不一樣，左手完全失控，應該就是仍然由巫眞牢牢控制。即使到這一刻，他其實仍然未能完全操控整隻左手，左手尾指是失控的，雖然方圓看不出來，但他知道巫眞退守在那裡。

巫眞是特殊個案，希望方圓不是。

「巫眞」再用力，方圓開始失去身體的自主權，可以讓他入侵。這個變換過程原本很漫長，在戰國時代時需要一整晚，他得要找個地方好好完成整個過程，幸好經過幾百年的反覆操練，如今只需要幾分鐘的時間。

這次有一點須要擔心，就是以往轉移時，他佔領新身體後，那個原有的靈魂就會從此消失，在下次轉移時，那人也就死去。由於沒有表面傷痕，往往會被斷定是心臟病發。

可是這次情況不一樣，巫眞仍然藏在尾指裡。萬一轉移後，他取回自己的身體控制權，並向成爲方圓的自己施襲，單比拚體力，女流之輩怎也打不過雄赳赳的男生。

他不能在身爲巫眞時先服安眠藥讓自己昏昏欲睡，萬一轉移時被打斷而失敗，他就自找麻煩了。

他準備給自己戴上手銬，手銬的鑰匙放在褲子的暗袋裡。只有自己知道。巫眞並不會想到那個地方。

就在掏出手銬後，他萬萬沒想到左手竟然又不受控制，揮拳用力打自己，朝他的鼻子連連出拳。

「媽的，這是你的臉！」「巫眞」還沒罵完，已嗅到一陣血腥味。手背已染血。

「放手，我死，你也無法活下去！」

腦裡有把聲音對他說：「少廢話！五妃廟這底下埋的死人雖然不少，但加上你和我還不嫌多。我和你不是同年同月同日生，但願同年同月同日死。」

左手的力道很大，用力捏緊他的脖子。「巫眞」不得不用右手去抓左手手掌，把手指扳開，以免窒息。

巫眞想同歸於盡，並不是恐嚇，而是實際行動。

「巫眞」再也無法好好坐穩在方圓身上，而是掉了下來。方圓快速轉身，見到巫眞在自己打自己，估計巫眞應該未死，但不知該如何幫忙。這次的戰場在巫眞身體裡，是他體內的兩個人在內戰。隨便打一個，會不會令另一個人同樣受傷害？就像雙頭鳥的兩個頭一樣？

聽到身後傳來吵鬧的貓叫聲，方圓才發現那些貓同樣互相廝殺，戰況同樣劇烈，但已輪不到她介入，她已自身難保。

——會有救兵嗎？

98

小靜和她朋友及阿基米德趕去五妃廟救援，但被護廟的貓部隊阻隔在五妃廟之外，根本不知道廟裡的戰況。

小靜覺得方圓就在裡面，可是這個龐大和充滿敵意的貓陣她根本無法跨過去。

「方圓，對不起！我實在很怕死！對不起！對不起！」小靜哭出來。

她一直以爲自己膽子大，如今終於瞭解自己的底線在哪裡。

她的朋友只能安慰她。

阿基米德很想衝過去，但這樣做只是找死，馬上。牠痛恨自己勢孤力弱，根本幫不上忙。

99

一下驚人的閃電和雷鳴後，巫眞的左手停止了攻擊，放軟下來。

巫眞體內的戰爭有了結果。

「巫眞」滿意地笑了。

廟裡的貓大軍已經把巫眞的貓擊退。

方圓也會任由他宰割。

希望稍後的轉移過程不會再出現任何阻礙。

他成爲方圓後，就要以「志願改變」爲由，轉去一個較容易畢業的學系，也許轉去唸日本歷史，那些事情都是他的親身經歷，不然轉去護理系也不錯，也是他熟悉的領域。他可以再細想。

「妳等人來救妳嗎？」他問想站也站不穩的方圓。

方圓已經不能再用「花容失色」來形容。她拉傷了腿，跑也跑不動，情況很糟。是時雷電交加，就算她喊破喉嚨，五妃廟外面的人也聽不到。

「妳在等人來救妳嗎？我知道有個人選。」他用食指指著自己的鼻子，嬉皮笑臉道：「是我呀！」

方圓急得想哭了。他說的沒錯，以前她有危險，來救自己的正是巫眞，但並不是他。

方圓坐在地上，手腳並用，好讓她可以一直向後縮。她覺得褲子很快就會磨爛，但「巫眞」仍不斷逼近，和自己一直保持約一公尺的距離。

巫眞這雙鞋子，是她和他一起去大賣場挑的。

方圓最後退無可退，不是因爲背後有樹，而是她再退，就會碰到後面正在發出嘶嘶叫的廟貓。

「我見過很多人的結局。」巫眞說：「放心，妳的結局還沒有來到。我會好好利用妳的身體，讓妳過好日子。」

「你滾！我的日子過得很好！」方圓幾乎哭出來。

巫眞大笑，舉步向前時，竟發現左腳動彈不得，像被一條很細的繩拉緊。他低頭，卻什麼也沒看見。

回過頭看，也不見其他人，但右腳也被套緊，同樣沒發現有繩。小腿傳來繩子拉緊的力道，只能確定那是條很細的繩，但力道非常大，他要用力紮穩馬步才能保持平衡。

是誰？巫眞和方圓都沒這力量。

附近的貓大軍突然全部抬頭注視自己，再如潮水般急速散去，彷佛見到什麼可怕的東西。

他感到身後有股比自己更強大的力量。這不奇怪，五妃廟是陰廟嘛，這也是自己來的理由。

在閃電的短短數秒間，他發現自己竟然被幾個古裝女子圍攏，離自己很近，但沒感受到她們的呼吸聲，也嗅不到她們的味道。

他馬上意識到發生什麼事。

「我是來借助妳們的力量，日後一定會歸還，給妳們添香油——」

他被甩了兩記耳光。

「我們不需要你。」一把聲音向他耳語。

他的耳朵熱起來，但心頭卻感到寒意。

「我一向都和各種鬼怪稱兄道弟，妳們有很多同路人都是我好朋友。」

他和鬼在世人眼裡都是旁門左道，一直互相幫助，成精以來，從沒碰到釘子。

一記耳光又來了，好痛。

「你要我們拆散一對情侶，對付他們，這種事情我們是做不出來的。」

他這才再想起五妃廟的由來。雖是陰廟，但五妃和寧靖王無法善終，因此一直庇佑有情人終成眷屬！

爲什麼他沒想到這點？爲什麼沒有再三考慮或查個究竟？

那個對他說「就去五妃廟吧！」的聲音，並不是來自五妃！

那是巫眞的干擾。巫眞控制的並不只左手，還有潛意識。

又一記耳光，讓他痛上加痛。

「我們更無法坐視你這樣作奸犯科，爲禍人間！」

「可是妳們是鬼——」

「巫眞」還沒說完，第五記耳光又來了。

「別的鬼怎樣我們不說。我們成不了神仙成不了佛只能成鬼，但並不代表一定要與人爲敵。這片土地上的鄉民敬我們畏我們，幾百年來，風雨不改。他們送我們這大片土地，我們更要保護他們。你送上門來，我們自然要修理你。」

台灣的陰廟居然是這副德性，「巫眞」實在始料未及。

他那隻左手突然發出燙傷般的劇痛，彷彿掉進熊熊烈火裡被燃燒，他恨不得把手切下來。痛楚從左手蔓延，很快攻佔左邊整個肩頭，再擴展至左胸。這股力量不用遍布全身，只要拿下心臟這戰略重地就夠了。心臟會把正常的血液傳遍全身，然後——

「巫眞」連打好幾個噴嚏，臉色漲紅，像被火燒的熱氣球，隨時要破。直到他打了一個大噴嚏。

這陣噴嚏一發不可收拾，已經連打了十幾個，一個比一個猛烈，簡直像要把五臟六腑全部噴出來。

方圓見巫眞這模樣，似乎是另一場戰爭在巫眞體內爆發，戰況比剛才更激烈。一個黑色的物體從巫眞不知鼻裡還是口裡噴出來，掉到地上。

巫眞像失去魂魄般一屁股跌坐在地上，臉色一下子變得蒼白如紙，也大口大口地喘氣。

100

巫真再次睜開眼睛。

他已經有好久好久沒睜開自己的眼睛，也沒有好好使用自己的手腳。

他終於離開左手那個牢獄，重獲自由。

這不是夢境，他知道。

他自由了，回到眞實的台南，但眼前的亂象卻是他從來沒見過。

方圓固然注意到巫眞的變化，特別是他的氣場已經由陰森可怕變回她熟悉的那種，但更留意到巫眞吐出的黑色物體，是隻比拳頭小的黑色蠍子。

巫眞很累，仍在恍神，根本沒留意蠍子的存在，也不知道這隻和他夢中見到的一模一樣，只是細小得多。

方圓知道這隻蠍子就是害苦巫眞和她的東西，絕不能放過。

那蠍子本來動也不動，見被她發現後，馬上高速逃走。

方圓想拔足去追時，蠍子已消失，卻見幾隻貓衝出，一邊發出尖叫，一邊圍攻蠍子。

牠們是巫眞的貓。

方圓扶巫眞起來，他很快就認得方圓，和她緊緊相擁。

「我以爲這輩子再也無法回來。」巫眞幾乎流出淚來。

「放心，我會等你一輩子。」方圓道：「你的左手好了嗎？」

巫眞揮動左手，「沒事，只是整個人很累。」

亞歷山大把蠍子尾叼回，放在巫眞和方圓面前。

「謝謝你們！」巫眞已經好久沒對貓咪說話。

「你記得我們了？」群貓驚問。

「怎可能忘記？」

群貓聚上來，圍著他和方圓。

「這次我們傷亡慘重。」阿基米德報告剛才的戰況。

二十隻貓慘死，其餘幾乎全部受傷。

方圓想起成吉思汗和其他幾隻去過她家保護她的貓都陣亡，不禁放聲大哭。

巫眞走去抱起奄奄一息的隆美爾。牠只剩下一顆眼珠，頭上身上全是血。

「巫眞你沒事了？」

「我很好，你也會一樣。」

「不，我不行了。我知道。」

巫眞說不出話來，貓咪和人一樣，很清楚自己的身體狀況，也知道自己可以挺多久。

以隆美爾這種程度的重傷，每一口的呼吸都很辛苦。

「你放心去吧！」巫眞的淚水早就忍不住了。

「我很厲害呢！第一次出戰就打勝仗！」

隆美爾露出最後的笑容，這歡顏凝固了下來。

雨水終於從天而降。

讓人和貓都分不清臉上的是雨或者淚。

101

水果店旁邊的巷子除了黑白無常，裡面幾乎一隻貓也沒有。對熟悉這條街、能認得其中十來隻貓的左鄰右舍來說，實在不可思議。

所有貓都擠在巫眞的家裡。太陽下山後，來自台南各地的貓會前來拜祭。

巫眞打開那本黑皮記事簿，上面記載了每一隻貓的名字，及來到和離去的日期。

方圓曾戲稱這本簿子爲「生死冊」，現在可不敢了。

巫眞替昨天陣亡的二十隻貓一一塡上最後一個日期。

「牠們永遠離開了我們，但也永遠和我們在一起。」

巫眞用貓語說了一遍後，又特地用國語講第二遍，好讓方圓、小靜和她朋友聽得懂。

昨天晚上，他們邊落淚，邊收集倒下不醒的貓，帶回這裡來。

群貓都很悲傷，牠們從來沒在戰鬥裡死去一個手足，沒想到第一次陣亡就是失去二十個。

對巫眞來說，那些貓不只是他的戰友，也是他的兄弟，他覺得有一部分的自己也同樣死去。牠們從此徹底離開他的世界。那種痛苦，想起來就會忍不住掉淚。

方圓語帶哽咽問：「那幫貓會來尋仇嗎？」

巫眞道：「不會了。剛好相反，兩幫貓開戰轟動整個台南貓界，牠們殺了我們這麼多貓惹起眾怒，大家都說要向牠們尋仇，那幫貓連夜逃離台南。」

「天呀！和人類的黑道完全一樣。」

「不，貓重視領域，一輩子不能回台南，比人類慘得多。」

「活該！」

102

陽平從巫眞手上取回自己的護照時，感覺很奇妙。他從來沒想過會這樣。

巫眞對重手打傷他毫無記憶，但仍深感抱歉，願意帶他在台南到處玩，但陽平拒絕了，說誰也不欠誰，他完成任務就要回去。

小靜很好奇那天他怎樣避過大家的追蹤，他只說忘記了，總不能把自己的本領全部公開給別人知道。

陽平覺得唯一虧欠的是救他的譚伯和老譚，但一人一犬都不當是一回事，譚伯照顧他至康復，而老譚卻一直纏著他玩。

「那個你救過的年輕人，我可以替你找出來。」陽平的腳板被老譚的肚皮壓著，「你知道我本領很高。」

「都那麼久，不要提了。」譚伯甩手道。

陽平覺得最後一句另有玄機。

「其實你知道他下落的，對吧？」

「當然。」譚伯神色凝重，「高雄有多大？他本來就是住在附近的人。即使他頭髮掉光了，我也認得他，不過，我寧願沒救過他。」

103

巫眞和方圓在中午時來到墓園。雖然有守墓人鎮守，但他們仍然要挑適當的日子、適當的時辰來。

巫眞和方圓走進樹蔭底下時，不只覺得陰涼，甚至覺得陣陣陰風打到身上，只是一般人未必察覺，就像沒有手電筒的人，是不會在夜裡發現大草原上的野獸。

守墓人仍然安坐在桌前讀雜誌，身邊不見便當或其他食物，就是垃圾筒也看不到和食物相關的垃圾。巫眞開始懷疑守墓人到底須不須要進食。

方圓思考的是另一件事。守墓人身上的衣服和上次見面時一樣是米白色短袖衫和褲子。他是沒換衣服，或者全部衣服都一模一樣？

「你們來幹什麼？」

「是你讓方圓知道雙頭鳥，」巫眞說：「讓我在夢中去打大蠍子，雖然打不死牠，但讓我能好好控制我的手臂，繼而叫那人去五妃廟求助，我才能逃出生天。謝謝你！」

「我本來以爲你是袖手旁觀，」方圓賠罪道：「沒想到原來你一直在守護我們。」

守墓人繼續看雜誌，沒有抬頭。

「在有能力範圍內幫到人，你們高興，我也高興，不是很有意義的事情嗎？」守墓人用手指指向方圓，「而且，妳也一直做對了事。」

方圓望了巫眞一眼，「我什麼也沒做。」

「妳選擇只去做對的事，沒有去拜陰廟，或者向鼎中原那種惡勢力低頭，已經很不簡單，也是我出手幫你們的理由。要解除巫眞身上的咒語，必須犧牲雙頭鳥，我要確定你們值得做這筆交易。」

方圓大悟，「原來是這樣，好險我過關了。」

「所有交易都有代價。話說回來，那個人在日本向惡靈祈願，但沒有還願，所以招來報應。」

方圓和巫眞回想起來，果然沒錯。「而我們竟然不知不覺成爲向他討債的執行人！」

「這就是冥冥中自有主宰。妳見過鼎中原的手指點火嗎？」

方圓點頭。

「妳覺得他厲害嗎?」

「不厲害嗎!」

「那他怎會變得默默無聞,再也沒人找他?」

守墓人注視兩人。巫眞和方圓均想,守墓人是第一次眞正地看著他們。

「他是一個只能騙外行人的九流魔術師。」守墓人沒管方圓「啊」一聲叫了出來,繼續道:「當年他用這一招騙了很多人,後來有人在網路上踢爆他,他從此歸隱。如果你們連這種障眼法也看不出來,未免太遜了。」

「我還以爲世上眞的有那麼厲害的能力。」

「當然有,而且比那更厲害。」

守墓人話音未落,巫眞倏然發現身邊多了很多人,幾乎擠滿整個房間。他們有的面容憔悴,無精打采,有的卻極爲猙獰。雖然樣貌各異,但目光都投到他和方圓身上,有個甚至走到他們面前,鼻尖貼著他們身體上下遊走。

巫眞感到全身雞皮疙瘩。

方圓的手握著他時,傳來不絕的抖震。

巫眞終於知道守墓人一雙眼睛只盯著報章雜誌的理由,和他在這裡工作的資格。

「讓人看透陰陽界這本領可以學，以你們的資質，大概只要十年左右。」守墓人說得輕鬆：「如果只要自己看到的話比較快，五到七年就行了。你們有沒有興趣？」

「可以學其他的嗎？」巫眞很想閉上眼睛。

「我只會這一招，所以只能守墓地。」守墓人回頭去看雜誌。「現實世界並不如我們想像般美好。我們要做的，就是聯手阻擋要破壞這世界的人，否則世界就會愈來愈爛。」

104

金婆婆太老了，沒有能力從廟宇走到巫眞家拜祭死去的貓。

巫眞並不介意，反而和方圓去拜訪牠，在資歷上，牠算是他的前輩。

金婆婆雖然十年如一日留在廟裡，但透過貓言貓語，牠對台南的認識並不比一個台南人來得少。

不過，巫眞和方圓的親身經歷，別說貓，就是其他人也不知曉。

金婆婆聽完一切的來龍去脈後，語重心長地說：「如果你不是來找我占卜，以你的性格，大概也不會離開台灣到日本去，對嗎？」

巫眞望了方圓一眼，「對，我怎放心她一個人留在這裡。」

金婆婆道：「所以，你是聽了我的占卜結果，才出現占卜裡所說的危機。這就是我常說的，有時因是果，有時果是因，根本分不出來。占卜反而迷惑了你。不管你做過怎樣的占卜，唯一有機會可以改變命運的方法，就是多做好事，給自己積福。」

巫眞問：「占卜豈不是其實一點用處也沒有？」

金婆婆學人類般雙手一攤，「沒錯，所以貓咪們對什麼占卜都沒有興趣。你看這廟裡除了你們之外，有誰對我這老傢伙感興趣的？」

巫眞和方圓環視四周，果然群貓有的在懶洋洋曬太陽，有的打架，有的跟人玩，有的撲向小鳥，就是沒一個望向他們。

105

百舌變回蠍子後，被貓弄斷了尾巴，幸好鑽進泥土裡躲起來。那些貓咪本領再高，也無法把他從地底深處挖出來。

和蜥蜴斷尾後能重生不一樣，一般蠍子尾巴斷了就不會長回來，因此徹底失去尾部末端的毒刺，但最慘的是失去肛門，無法排便，要痛苦好幾個月才會死去。

幸好他並不是一般蠍子。

他潛伏十天後，尾巴已經長回來。

沒有這尾巴，他無法附寄在人類身上。

這十天裡，他靠捕食蚯蚓和其他昆蟲維生。只要變回人，就可以再吃大餐。

他有的是耐心，等到風平浪靜後破土而出才安全。

天快亮，萬籟皆寂，他準備迎接一個風和日麗的早上。

五妃的本領再強，這時也無法出來。

要找一個像巫眞和方圓般有異能的人不易，但以他幾百年來找宿主的經驗，隨便找個人再一步步變換，要成爲一個中產階級並安安穩穩在台灣住幾十年並不難。

也許變成人後，可以去找巫眞跟方圓尋仇。

——他們一定以爲我早就死去，卸下了心防。

——說不定可以到時再發動另一波攻擊。

一個男人坐在外面，頭歪向左邊，也許是喝醉，但不管了，這狀態的人最容易下手。

身爲蠍子最大的好處，就是人類聽不到自己移動時發出的聲響。

他以中等速度移動，逐漸向男人逼近。

只要用尾巴刺進去，那人就會失去知覺，乖乖就範。

不料那人霍地站起來，很快舉起一劍，朝自己刺下來。

他想走，可是被那劍射出的光芒罩著，動彈不得。

那人不是巫眞，是個年紀大得多，一臉冷酷無情的男人。

他活在世上幾百年，最後聽到的，是自己外殼破碎的聲音。

一隻沉睡中的斑鳩耳尖得很，被嚇得拍翼飛走。

男人把劍尖抹乾淨後，還劍入鞘。

這年頭，鑄劍師的大部分作品都只是裝飾品，他的前輩會安於現狀。可是，冷眼旁觀已不符合現代社會的道德標準。你坐任惡霸恃強凌弱，就是和邪惡同路。

不過，爲免招惹麻煩，他這個劍客身分還是不要曝光較好，免得每天都有人上門找他麻煩，到時他就無法專心鑄劍。

他不是幫巫眞和方圓，只是爲台南除害。

他環視四周，今晚的事，只有天知地知，他知，剛才那隻鳥知，和剛好經過的一隻黑貓知悉。

「你不能對其他貓說，也不能告訴其他人，知道嗎？」

那貓遲疑了一陣，才用力點頭，迅速跑掉。

他微笑著，放心走進夜色裡。

漫漫長夜，最終也會走到盡頭。

他跟巫眞、方圓、守墓人和其他朋友，會繼續默默守護府城。

《貓語人．信長的預知夢》完

貓語人

後記

《貓語人》系列頭三本多年前由明日工作室推出，在二〇一八年由蓋亞推出修訂版。由第四本開始，是全新的故事。

堺市我去過兩遍，第一遍時已喜歡得很，不只在妙國寺見到老蘇鐵，還進寶物庫見到盛載過人頭的茶几。夜遊妙國寺的活動是我虛構，但巫眞參觀妙國寺的過程，包括歐巴桑帶我們參觀再進寶物室，基本上是我和太太的親身經歷。當然，人的記憶不太可靠，寶物庫和老蘇鐵不能拍照，有些寺內的規矩和擺設也許會更改。如果你去妙國寺，歡迎告訴我你的見聞。我也期待再去一遍。

第二次去堺市，是在二〇一五年十月。這次是乘去高野山開創一二〇〇年，也特地爲了寫好這個故事而去堺市做田野調查，入住和某個古墳一水之隔的小旅館，造訪了堺市博物館、山口家住宅、南宗寺、大仙公園。如果你要去市役所，一定要像我在故事裡寫的挑白天時上去才能看清楚。我在天黑時上去什麼也看不到。

適逢百舌鳥古墳群在今年（二〇一九）七月獲登錄爲世遺，我非常爲堺市感到高與，希望你們和我一樣喜歡這個小城市。

牛頭天王，素戔嗚尊和祇園大明神三者的關係，網路上流傳不同版本，也和我手上的《圖解神道教與季節禮儀事典》（茂木貞純著）有出入。故事裡提到的說法未必準確。身爲日本文化愛好者，但不諳日語，無法直接讀日文書，我一直引以爲憾。

我也同時參考武光誠的《圖解日本神道文化圖解》和《圖解日本神話》。前者在神道文化上鑽得更深入，如解釋了「大和式」和「出雲式」在神觀念上的分別，「本地垂跡說」與「神道學說」的差異等，而《圖解日本神話》更有一整個章節專門介紹素戔嗚尊。他斬殺八岐大蛇的故事非常著名。不過，爲免花多眼亂，我寧願捨棄和故事內容無關的素材。

寫作時，香港正值我這輩子最大的社會動盪。街頭、商場、大學和住宅區都成爲戰場。一個夏天的三個多月像三年那麼長。有些學生的暑期活動不是做作業，而是戴上眼罩和口罩走上街頭。在這樣複雜的時勢裡，每天不管主動或被逼接收的資訊量都極爲龐大，要抽身去創作與現實香港無關的長篇故事，無疑極其困難。我從來沒有一本書的創作過程是如此艱辛，而這艱辛和作品本身並無關係。

不過，寫這故事也成爲我心靈上的避風港。巫眞和方圓在年齡上已經足以成爲我的兒女，我一邊寫故事時就一邊想這兩個孩子怎樣面對困境仍然絕不放棄。而寫完故事後，我發現這個背景不在香港的故事，其實非常香港。

由於我自己的年齡增長，故事風格和前三集相比也出現相當明顯的變化，相信你們閱後也會發現，也希望你們喜歡。

下一集，澳門見，除非有更好的點子。

譚劍

2019.11.30

國家圖書館出版品預行編目資料

貓語人：信長的預知夢／譚劍 著.
——初版.——台北市：蓋亞文化，2020.01
面；公分.（故事集；010）
ISBN 978-986-319-460-6（平裝）

857.7 108021694

故事集 010

貓語人 信長的預知夢

作　　者 譚劍
插　　畫 葉長青
封面設計 莊謹銘
主　　編 黃致雲
總 編 輯 沈育如
發 行 人 陳常智
出 版 社 蓋亞文化有限公司
地址：台北市103承德路二段75巷35號1樓
電話：02-2558-5438　傳真：02-2558-5439
電子信箱：gaea@gaeabooks.com.tw
投稿信箱：editor@gaeabooks.com.tw
郵撥帳號 19769541　戶名：蓋亞文化有限公司
法律顧問 宇達經貿法律事務所
總 經 銷 聯合發行股份有限公司
地址：新北市新店區寶橋路二三五巷六弄六號二樓
電話：02-2917-8022　傳真：02-2915-6275
港澳地區 一代匯集
地址：九龍旺角塘尾道64號龍駒企業大廈10樓B&D室
電話：+852-2783-8102　傳真：+852-2396-0050
初版一刷 2020年1月
定　　價 新台幣 270 元
Published and printed in Taiwan

GAEA ISBN 978-986-319-460-6